「如果我跟哥哥
沒有血緣關係……
那麼就要結婚！」
我跟妹妹，其實沒有血緣關係
My sister and I are not blood

「做什麼都沒差吧。
反正我們是兄妹啊。」
Iruka Kururi
入鹿久留里
入鹿光雪的妹妹。有著強烈的親情，當中又
跟哥哥特別親近，是個言行會超乎普通兄妹
範疇的兄控。

「不小心看到……

……小光的……」

村田天
ILLUSTRATION
絵葉ましろ
TEN MURATA
EVA MASHIRO

我跟妹妹，其實沒有血緣關係

My sister and I are not blood related

NUMBER
1

Kadokawa Fantastic Novels

CONTENTS

My sister and I are not blood related

CHARACTER

入鹿光雪

Iruka Kousetsu

16歲。

本作主角。有著強烈親情，也很溺愛兩個妹妹。太過認真的個性讓他在學校被同學敬而遠之，因受到身為情色漫畫家的母親影響，興趣是畫女生的插圖。

入鹿久留里

Iruka Kururi

15歲。

入鹿光雪的妹妹。有著強烈的親情，當中又跟哥哥特別親近，是個言行會超乎普通兄妹範疇的兄控。

入鹿四葉

Iruka Yotsuba

8歲。

光雪和久留里的妹妹。基本上沉默寡言，但有時也會表現機靈的一面。還是會向哥哥姊姊撒嬌。

序章

突然降下的雨，讓街上的色彩轉眼間暗了下來。

現在是三月。正值高中一年級跟二年級之間的春假剛過了一半的時候。最近天氣不太穩定。我撐著傘，另一隻手上又拿著一把傘，快步朝著車站走去。

「小光！我在這裡！」

在車站入口處，只見一群人待在勉強有遮雨篷的地方躲雨。當我朝著人群當中傳來那道可愛聲音的方向走去，打招呼的人便向我大大地揮手。

透亮的白皙肌膚襯著一雙貓一般的大眼。挺拔的鼻梁跟五官的配置，讓她就算不開口也很引人注目。是個神特別下工夫設計的美少女。

「謝謝你來接我！好開心喔！最喜歡你了！我好想你！」

走到她面前時，美少女露出燦爛的笑容，像是睽違十年重逢的戀人一樣撲到我懷裡。這樣的舉動讓周遭的目光一口氣聚集過來。

「欸欸！今天跟我分開的這段期間你做了什麼？從頭依序說給我聽！」

這個美少女是入鹿久留里。十五歲。

是小我一歲的妹妹。

這個妹妹只要一見面就會滿臉笑容地抱過來，而且一有空就會進到我房間。只要外出就會捎來聯絡，在家一沒看到就會到處找我，找到之後便坐鎮在身邊並要求兩小時摸一次頭，不然就是坐在我腿上或要求牽手，隨時希望我陪著她。總之就是個「愛撒嬌」的妹妹。

久留里沒有接過我遞給她的傘，而是理所當然似的鑽進我的傘下。

「撐傘手臂會很痠，只要跟小光撐同一把傘回家就好了吧？」

久留里笑著把身體貼了上來。

「妳是有多虛弱啊……我都帶來了，撐一下吧。」

「我不要～」

跟久留里聊著的同時，我撿起掉在眼前的咖啡空罐，放進拿在手上的垃圾袋裡。

這時一位擦身而過的老婦人對我搭話道：

「啊，這位小哥，剛才太謝謝你了。真是幫了我大忙。」

「不客氣，這沒什麼。」

在一旁看著的久留里開口：

「……小光，難道你來車站的路上又一邊做社會改革了嗎？」

「我才沒做什麼社會改革。剛才只是替那個人簡單指引一下方向，而且既然要來車站，順便沿路撿個垃圾而已……」

話才說到一半，走在前面的男性就把火還沒完全熄滅的菸蒂隨手丟在路上。我立刻使勁抓住那個男人的手臂。

「哇啊！你幹嘛啊……」

「恕我冒昧拜託一下……請將剛才丟掉的東西帶回去。」

「啥啊？」

男人一臉不滿地瞪了過來，但我用真誠的雙眼緊緊盯著他這麼拜託之後，大概是嫌麻煩吧，他嘖了一聲，就撿起菸蒂離開。

「太好了。他似乎能夠諒解呢。」

「啊哈哈，小光的眼神贏了～！」

在一旁看著的久留里笑著這麼說。

我從小就是個像「認真」二字擬人化的個性。因為不知變通，也沒交到幾個朋友。

另一方面，久留里說好聽點是個開朗活潑又交友廣泛的人，說難聽點就是不正經又不檢點。如果我們是同班同學，應該不會跟她說上話的那種類型。

像我們這樣的兄妹，好像經常會出現陽光型的妹妹嫌棄一板一眼的哥哥，無視其存在，關係也變得疏遠的情形，但我們兄妹倆並非如此，幸好久留里很仰慕我，因此從小感情就很融洽。

「握手會玩得開心嗎？」

「嗯！我整個人沐浴在聖光之中！不但能在極近距離瞻仰女神，還得到大大的擁抱，她的身體好～柔軟又好香，總之真是太棒了！真的好可愛啊～！桃桃乃真心天使！」

久留里很喜歡可愛的女孩子，從小就熱衷於鑑賞古今東西的偶像影片之類。她雖然是個沒有特定的主推對象，興趣也很容易改變的傢伙，但最近這兩三年來都專情追著女性偶像團體「牡丹餅小町」中一位叫水谷桃乃的團員，開口閉口都在講她。

「妳自己一個人去沒問題嗎？」

「嗯。今天我是跟一個同樣喜歡桃桃乃的大姊姊相約一起過去。」

「這樣啊。那我就放心了。」

「但下次的演唱會要辦在有點遠的地方，所以小光也跟我一起去嘛。」

「嗯，我知道了。」

「好耶～！不能反悔喔！」

久留里笑著撿起掉在路邊的點心包裝袋，丟進我拿著的垃圾袋之後，又揚起滿臉笑容。

我跟久留里一起回到家。

當我洗完手拿起毛巾擦乾稍微淋濕的頭髮時，久留里就鑽到我面前來。

「小光，也幫我擦一下！」

我默默地仔細擦乾她伸過來的頭。

將毛巾丟進洗衣機並走進餐廳之後，只見久留里在餐桌就坐，一臉悠哉地滑著手機。不知道是在看什麼，只見她盯著螢幕輕聲笑了。久留里使用五種社群軟體跟朋友們聯絡。由於她完全不自拍所以並沒有大量粉絲跟隨。內容雖然只有食物的照片跟偶像資訊，不過我很佩服她這樣的活動力。像我就只有安裝與家人之間，還有因為隸屬學生會才用得到的ＬＩＮＥ而已。

「放榜的時間就快到了吧？」

「咦！啊，真的耶……！我開始有點緊張了！小光，怎麼辦？」

「這麼重要的事情卻直到我剛才問妳之前都不記得，那應該沒差吧……」

「呃，但小光害我回想起來了……」

「……我回來了。」

背後傳來一道拘謹的聲音，轉頭一看只見另一個妹妹四葉就站在門口那邊。

雖然與即將升上小學三年級的她之間有點差距，但很受久留里跟父母寵愛。我當然也是相當疼愛她。

「四葉，妳回來啦。有淋到雨嗎？」

「……我有把折疊傘放進書包。」

而且個性不同於一開口話就講個不停的久留里，四葉極為寡言。

「妳回來啦，四葉。剛才出去玩了嗎？」

久留里也跑過來緊緊抱住四葉。

四葉默默地看了牆上的時鐘一眼。現在的時間是下午四點半。

「……媽媽呢？」

「在工作室吧。」

「我剛才在廁所前面看到她，但好像很忙……應該說一臉憔悴的樣子。」

四葉發出「姆……」心有不滿的聲音。

媽媽的工作一旦忙起來就不太會離開工作室。四葉似乎對此感到很不滿。

「我這就去叫她過來。」

說完我就站起身。久留里阻止了踩著小小的步伐想跟上來的四葉，並誘導她去看電視。

「四葉就待在這邊吧。媽媽馬上就會來了。」

來到媽媽的工作室前面時才發現房門半開，裡頭傳來耳朵貼著手機講話的認真語氣。

「這裡也想稍微呈現出一點近親相姦的悖德感呢。哥哥因為罪惡感而無法直視妹妹的臉……就從背後式做到睡背式…………對，然後索性就豁出去讓她變成仰躺並抓起雙腳……噗嘎！請、請等一下！」

大概是察覺到有人，媽媽突然猛地轉頭朝我這邊看過來。確認是我之後便大大地嘆了一口氣。

「糟糕，我們沒關啊？還好來的是小光～」

「嗯。四葉也回來了，而且就快到久留里放榜的時間。」

「已經這麼晚了？我處理完立刻過去。」

「好喔。」

對我舉起單手做出道歉的手勢之後，媽媽又繼續講電話了。

媽媽是人氣情色漫畫家。主要是畫兄弟姊妹近親相姦的主題。為此還沒告訴四葉媽媽的工作內容。畢竟是在家裡工作，所以大家都禁止四葉進入媽媽的工作室。雖然很可憐，但為了防範更可憐的事態發生，這也是無可奈何。

當我要回到餐廳的時候，玄關門剛好打開，只見爸爸慌忙地回到家裡。

「我回來了！光雪，久留里放榜了嗎？」

「五點放榜，還有二十分鐘。」

「太好了，幸好有趕上。」

總是挺直背脊，姿勢端正的爸爸是一名警察。我的身材以十六歲來說算是比較高大而且還在成長，然而爸爸的身形更是高大壯碩。儘管外表一副嚴厲的樣子，爸爸其實是個很少生氣，個性溫和的人。

下午五點。全家人都聚集到客廳。

所有人都緊盯著自己一個人坐在沙發正中間的久留里的手機。

久留里白皙的纖纖手指滑動螢幕。上頭陳列著一串又一串的數字。全家人都緊張地吞嚥口水，一句話都沒說。

過了一陣子，久留里大喊出聲：

「這、這、這個！上榜啦啊啊啊——！」

爸媽紛紛說著「哦哦！」、「呀啊！」發出大聲的歡呼。

「有耶！我上榜嘍，小光！」

臉上揚起開心笑容的久留里拿著手機給我看。她的准考證號碼確實在螢幕上散發燦爛的光芒。

媽媽拍了一下手說：

「恭喜妳考上！小久！」

「恭喜妳啊！久留里！」

「姊姊，恭喜……」

跟著家人的祝賀，我也接著對她說了「恭喜」。平常總是不太正經的久留里，現在也紅了臉頰，眼角泛淚地緊緊抱著手機，露出鬆一口氣的表情。

「謝謝～心臟真的會有點受不了耶～」

「要吃蛋糕慶祝嗎？」

「要吃蛋糕、肉，跟肉。」

「還要什麼嗎？」

「還要肉！」

久留里從今年春天開始，就要進入跟我同一所縣立鶴苑高中就讀。

雖然不是每年都有好幾個學生考上名門大學的那種明星學校，但也是在我們家附近入學門檻最高的一間。討厭念書的久留里，在國三這一整年真的十分努力。教她念書的我，可說是最清楚不過。

自己考高中時並沒有這麼緊張，也覺得落榜就算了。不過看到妹妹的努力得到回報，頓時放心下來的我顯得有些恍神。

當我雙手抱胸，愣愣地站在掛在廚房牆上的月曆前方時，久留里從背後緊緊環抱過來。

「小光！」

「真是太好了呢。」

「嗯！為了跟小光念同一所學校，我真～的拚了命努力念書喔！」

「妳表現得很好。」

「再多稱讚我一點嘛。摸摸頭。」

如此說道的她把頭朝我靠過來，因此我也伸出手，讓手指埋進她的髮絲之間。飄逸柔順的頭髮，愈是撥弄就愈飄散出淡淡的洗髮精香氣。

就這麼摸了一陣子並將手抽離之後，久留里便一臉不滿地對我噘起了嘴。

「……就這樣？」

「……真拿妳沒辦法耶。」

我再次胡亂摸著眼前的頭。她頓時又露出瞇細雙眼，半張著嘴的幸福表情。

「……再摸一分鐘。」

「好啦。」

再次摸頭摸頭。

「……再一下！」

「沒問題。」

摸頭摸頭摸頭摸頭。

「再五十次！」

摸頭摸頭摸頭摸頭摸頭摸頭。

後來又追加摸了兩百次。我基本上對家人都很縱容。

久留里伸手搭上我的雙肩，要我彎下身來。

「小光，謝謝你喔。最喜歡你了！」

她開心地笑著如此說道，就在我的臉頰上留下一吻。

總算迎來久留里的開學典禮，這天一早天氣很好。

後來成為一個難忘日子的這一天，早上的我還未曾料想到當天晚上竟會發生動搖自我的事件。

我跟幾個住在附近，還滿要好的老爺爺及老奶奶們一起做完廣播體操之後，做著撿垃圾這項每日例行公事順便慢跑。回家之後只見爸媽忙碌地做著出門的準備。

媽媽大聲說著：「咦！去年還能穿的裙子變好緊！怎麼會！」而完全沒在聽她說話的爸爸則是晃來晃去喃喃唸道：「西裝領帶收到哪裡去了啊？」

在這狀況下，一看到坐在餐桌咬著吐司的久留里，我不禁愣在原地。

「久留里……妳那顆頭是怎麼回事……」

「欸嘿嘿，好看嗎？我昨天晚上染的。」

久留里那頭及肩並撥到前方的頭髮漂過之後染成了金色。

「等一下就是開學典禮了，妳到底在幹嘛……！」

腦海中浮現久留里崇拜的主推偶像的身影。她有一張穿著某個舞台服裝的照片上，戴著應該是假髮的髮色就是金髮。我也記得久留里當初看到照片時，還做出了比平常更加興奮的反應。

在驚訝得睜大雙眼的我面前，久留里一如她的名字轉了一圈（註：日文發音相同），還擺出招牌動作。

「……這樣違反校規。給我立刻染回去。」

「也換上制服嘍！好看嗎？」

「聽人說話！」

「小光，我穿這套制服好不好看？可不可愛？」

「……超可愛，也很好看。」

「謝謝。聽了真開心呢。小光也跟平常一樣很帥氣喔！」

「久留里，妳那個髮型……是在模仿『桃桃乃』吧……看妳一直在學她，莫非是想成為偶像嗎？」

當我這麼一問，久留里的表情愣了一下。

「討厭啦小光～女神是用來看的，用來推崇的！雖然喜歡到極限時，想跟女神同化的病會發作，不過我對偶像這個行業及站在受人推崇的立場一點興趣也沒有……我想站在感受可愛、耀眼跟感動的這一方啊。」

「……但我聽說之前又有星探找妳攀談了吧。」

「喔喔，你聽媽媽說的嗎？我每次去演唱會或握手會都會被星探搭話，可是全都當場拒絕了喔，我又沒興趣。而且……小光，你是不是忘了我很不會唱歌？」

「啊，對耶……」

即使可愛的容貌足以凌駕於一般偶像，但久留里是個毀滅性的音痴。然而偶像是個並非只靠可愛外表就能做得下去的職業。幸好久留里是個音痴。聽說演藝圈是個可怕的世界，我實在不太希望她以太過艱辛的職業為目標。

「……先別管這件事，妳還是得想辦法處理一下那頭髮色……」

「現在也沒辦法染回來啊，會遲到喔。」

這時走進客廳的四葉悄聲說著「……姊姊，好好看」久留里聽了就開心地比出勝利手勢，像個演唱會上的偶像一樣回應：「謝謝～！」

媽媽穿著開學典禮用的正式服裝，走進來時也說：

「哇啊，小久這身打扮好好看喔。超級可愛～小光，她這樣超可愛的，但就校規來說沒問題嗎？」

「當然有問題……！」

「欸，總不能遲到吧，我們快走了啦！小光要以在校生代表上台致詞對吧？遲到可就糟了喔！」

我都忘了有這回事。原本預計要致詞的三年級學生因為極度怯場，突然間拜託我代為上台。但比起這件事，我比較在意久留里的髮色。

順利換好衣服的爸爸在玄關前一看到久留里就驚訝地張大了嘴。

「久、久留里……妳的頭髮是……」

「好看吧。」

「確實非常好看但對高中生來說不太好。去染回來。」

「所以說今天已經來不及了嘛。」

爸爸也跟她進行一段像我剛才那樣的對話，然而現在確實也已經來不及做些什麼，全家人就這樣出門參加開學典禮了。

首先，從家裡到最近的車站要徒步二十分鐘左右。平常不是走路過去就是騎腳踏車，但今天是全家人一起搭乘巴士。接著搭兩站電車，下車之後再從車站走十分鐘就抵達目的地鶴苑高中。

由於鶴苑高中是由以前一座名為鶴苑城的城堡改建的學校，因此留下很多遺跡。校舍周遭圍了一圈護城河，校門也幾乎是城門。還有不知道是真是假的寶藏傳說，好像幾年就會出現一次為了尋寶而挖掘校地的人。

今天在校門前擺了開學典禮的看板，許多學生跟家長都會在那邊拍攝紀念照。我們家當然也在那排隊，並在輪到我們時拍了好幾張照片。

這時總覺得受到莫名的注目，仔細聽了一下其他人在說的話。

從夾雜著「超可愛」之類，還有「頭髮」這些關鍵字看來，引人注目的就是久留里吧。

久留里……我這個妹妹確實非常可愛。她穿著跟留有日式風格的校舍一樣，帶了點日式元素的高中制服，那令人難以想像是應屆新生般天不怕地不怕的態度，雖然不想承認但確實與那頭髮色相襯得嚇人，而且可愛到驚天動地。一想到往後會有滿腦子裝著「好色」二字的男高中生們，像海蟑螂一樣聚集到她身邊，我的胃甚至現在就開始痛了起來。

開學典禮順利結束之後，入鹿一家人一起回到家裡。

「小光致詞的時候超帥耶～！欸～爸爸，你有錄影嗎？」

「嗯。我錄了喔。等一下接到電視上，大家一起看吧。」

「我今天累了，想說訂披薩就好，老公也來選一下吧～」

「……打翻果汁了。」

「哇啊～四葉打翻果汁了～媽媽，這個洗得掉嗎？」

「等等，我還在猶豫要點哪個披薩……咦？打翻在衣服上嗎？」

大家都在客廳聊天，熱鬧到一時會分不清是誰在講話，也充斥著典禮結束後的解放感。

後來披薩送達，所有人都在餐桌旁坐定之後，媽媽聲音宏亮地宣布：

「那麼，關於小久染髮的家庭會議，正式開始～！」

可以聽見久留里發出抗議的聲音。

「學校那邊感覺沒什麼問題喔。我說因為爸爸那邊的曾祖父是混血兒的關係，所以天生就是這個髮色，大家也相信了。」

竟然相信了喔……不，久留里的五官看起來確實沒有特別像是哪一國的人，一頭金髮也莫名適合她，不會給人不良少女的印象。看她擺出泰然自若又堂堂正正的態度，說不定還真的會相信……不對，也可能只是讓人不想吐槽而已。別人究竟是怎麼想的呢？畢竟是家人，我實在不知道她給人的第一印象是怎樣。

久留里口沫横飛地進行反駁，表示如果把髮色染回來，反而會被人發現自己一開始堅稱這是天生髮色的謊言，還很有可能會因為這樣惹人反感甚至遭到霸凌。

畢竟一開始確實是說了謊，也只能算是自作自受吧。

雖然想盡可能說服她，結果媽媽一臉傻眼地說：「小久一旦自己下定決心就絕對聽不進別人的意見呢。」最後全家人都放棄了。

沒錯。無論說再多她大概都聽不進去。久留里的自我意識很強。她從小就是這樣，無論再小的瑣事，只要自己下定決心就聽不進周遭人的意見了。我們也只能放棄。說不定她過陣子就會膩了，不然也只能耐著性子多花點時間說服她。

我們家就像這樣，即使會遇上一些小問題，依然是個和平的家庭。

我從小就最喜歡自己的家人了。

有些人到了高中生的年紀會覺得跟家人一起行動，或者重視親情是種沒出息的表現，但我從來沒有過這樣的想法。

所謂家人，無論是好是壞，都是自從出生那一刻起就被賦予而且無可避免的關係。

我有幸生在這個美好的家庭。有著只因為血脈相連就無條件愛自己的父母、仰賴自己的妹妹們，這讓我覺得這個存在本身相當寶貴又珍惜。

這樣的日子往後想必也會持續下去。這時的我對此感到無庸置疑。

然而……

開學典禮那晚，一度睡著之後又醒了過來。

看了一眼放在枕頭旁邊的電子鬧鐘，時間剛過凌晨一點。覺得口渴的我，避免吵醒家人而躡手躡腳地走向餐廳。不過隔著門上的玻璃可以看見裡頭電燈是亮的，也傳來有人在說話的聲音。

看來是爸媽在一邊喝酒一邊說話的樣子。他們雖然很少會到這麼晚，但這本身是一件常有的事。我正想直接開門時，卻因為聽見的對話而不禁停下動作。

「那件事情……要什麼時候講才好啊……」

「不講也沒關係吧？而且還有小葉……我不想看到孩子們相處起來很尷尬。」

「但他們總有一天會知道吧。」

「也是啦。如果有必要用到戶籍謄本時才突然得知，應該會嚇一跳吧……」

「……你們在說什麼？」

「……哇，呀啊！」

一看到進入餐廳的我，媽媽感到異常驚訝，裝著啤酒的玻璃杯不小心打翻在桌上。還剩下半杯的琥珀色液體整個在桌面上擴散開來。

我將倒下的玻璃杯重新立好，爸爸也很快地拿了抹布過來擦。即使如此媽媽還是顯得慌亂不已。難得看到平常總是我行我素又悠哉的媽媽，會慌亂到這個地步。

「光雪……我有話要跟你說。可以來這邊坐一下嗎？」

看著如此說道的爸爸，媽媽驚呼出聲。

「咦，四郎……」

「果然還是該好好跟孩子說明一下。」

「但是……」

「別擔心。光雪很可靠。我們家人不會因為這點事情而改變。我對此深信不疑。」

這時，我就產生了不祥的預感。但又覺得好像必須繼續聽下去。

「其實……光雪跟久留里分別是我們跟前夫、前妻之間的孩子，並沒有血緣關係。」

「……啥？」

身材嬌小，外貌又亮麗的久留里確實跟我一點也不像。可是爸媽至今從來沒有散發出那種感覺。而且這種重大的身世祕密應該是虛構故事專用的題材，因此我從來沒有想過竟然會出現在我們這個氣氛和樂融融的家庭。我們長得不像這件事，本來還以為就跟貓會帶著截然不同的花紋出生一樣，同時也有隔代遺傳或返祖現象這種情況。難道不是這樣嗎……？

前夫
葉子
再婚
四郎
前妻
四葉
竟然
不是
親兄妹!?

在陷入一片混亂的我面前，媽媽壓低聲音悄聲說道：

「小光是我帶來的孩子，小久則是老公帶來的孩子。」

爸媽彼此都是單親家庭的狀況下在托兒所邂逅，當各自的孩子兩歲及三歲的時候再婚。我是媽媽帶來的孩子，親生父親跟媽媽離婚了。原因是對方在媽媽懷孕時外遇，離婚之後贍養費之類的一毛都沒有拿。至今再也沒跟他見過面，往後一輩子也不打算見面的樣子。

然後，久留里的親生母親，也就是爸爸的前妻已逝。那個人是法國與日本的混血兒，也難怪久留里有著一副不太像是日本人的外貌。我懷著複雜的心情聽爸爸淡然地說著這些事。

也就是說，我跟爸爸還有久留里之間完全沒有血緣關係。

「但是，我真的把你當自己的兒子看待。這點你有感受到嗎？」

這點確實讓我有相當深刻的體認。我的父親就是這個人。無論發生任何事情，這件事都不可動搖。我坦率地點了點頭。

「至於四葉……我想先對她隱瞞這件事。她還太小，現在沒必要知道……」

「……也是呢。」

只有四葉繼承了爸媽的血脈，也跟所有人都有血緣關係，維繫住我們這個家。只要有她在，我們就是一家人。而且，雖然很自作主張，我也希望四葉可以在不曉得這種事的狀況下跟我們相處。

「久留里該怎麼辦呢？」

「小久也還沒必要知道吧！」

媽媽慌張地立刻回答。

「也是呢。」

我之所以同意，是因為現在受到超乎想像的打擊，因此不希望她也體會這樣的心境。

「確實……久留里說不定還沒辦法像光雪一樣冷靜地接受這件事。」

「對啊。而且小久最喜歡小光了……完全無法預測她如果得知這件事會做出什麼反應，感覺有點可怕呢……因為受到打擊而消沉還算正常……一想到她要是直接放飛自我……」

媽媽用聽不太清楚的聲音，含糊地說著她的懸念。本來要不是在這樣不經意聽到的狀況下，似乎也還不打算跟我說這件事，因此媽媽一直顯得有些慌張。最後在場所有人都一致同意先不要告知久留里。

「爸爸、媽媽。」

聽我喚了一聲，他們都一齊朝我看過來。

「我什麼都不會改變。」

我語氣堅定地這麼說，並站起身。

「光雪！」

「小光～！」

我們三個家人抱在一起之後，便就地解散。

回到房間的我，雖然茫然了好一陣子，最後還是勉強拉開書桌的抽屜。

我只要承受一定程度的壓力就會採取某種行動。

從抽屜裡拿出平板電腦跟繪圖板，並開啟繪圖軟體。

接著就一心一意地畫圖。這是我在這世上沒對任何人說過的私密喜好。

畫圖很開心，不用花什麼錢就能輕鬆紓壓。我平常死板的個性時常會壓抑很多情緒，因此很常有像這樣紓壓的機會，繪圖能力也就跟著漸漸提升。

我每次畫的必定是可愛的女生插圖。今天的心情很不平靜，因此畫的是穿著可愛女僕裝的女性。

「小光是我帶來的孩子，小久則是老公帶來的孩子。」

媽媽剛才的聲音在腦海中浮現，侵蝕著腦內的縫隙。為了排除這道聲音，我不斷在繪圖板上畫畫。這時爸爸的聲音又擠了進來。

「我們沒有血緣關係。」

我畫著圖。不斷地畫下去。豐沛的黑髮。圍裙的荷葉邊。裙子的皺褶。用傾注靈魂畫下的線勾勒出來。用帶著憤怒及悲傷的色彩塗抹。

在這麼做的同時，無數實際存在的家族回憶也在腦海中接連匆匆飛逝。

爸爸總是強悍又溫柔的側臉。我很尊敬身為警察的他，而且也以相同的道路為目標。然而我身上並沒有流著他的血脈。說來婉轉但就是個人渣的人物，才是我不知道現在身處何方的親生父親。

我不停驅動著筆，畫下困惑的眼神、泛紅的臉頰，以及微微張開的嘴，一步步勾勒出絕妙的表情。

自己體內是否流著並非那個清廉的爸爸，而是人渣的基因呢？不，這跟基因一點關係也沒有。既然如此，我為什麼會畫著這樣的圖呢？這不正是遺傳自媽媽嗎？

確定好光源畫出陰影。用盡可能柔軟的線條畫出身體，仔細地描繪出衣服的陰影，並透過表情跟姿勢及衣服的動作呈現躍動感。接下來也一再翻轉整張畫進行確認。

然而眼前的畫面卻愈來愈扭曲，很難看得清楚。

有沒有血緣關係一點都不重要。家人就是家人。

理性上明明是這麼想，不知為何還是湧上像是怒火的情感，可以感受到微微沸騰起來。

我揉了一下眼睛，再次專注於繪畫。

沒錯。現在要集中精神創作眼前的角色。

在想四處破壞的暴力衝動驅使下，我拚命地創作。

幾小時後，在大半夜裡畫了好幾張圖層，完成「偷偷在女僕咖啡廳打工的音樂老師」這個設定的圖。

她的名字是吉村綾乃。興趣是蒐集ＢＬ書籍，但為此花了太多錢才會偷偷到女僕咖啡廳打工，卻被共事的男老師發現，這張精心完成的圖就是畫下她連忙想要逃開的瞬間。

平常我會立刻上傳Ｐｉｘｉｖ，透過在那裡得到的反饋減輕容易提升的壓力值。畢竟是原創作品，點閱率並沒有特別高，但前幾天看到自己崇敬為神的繪師留言，讓我的壓力如冰一樣輕易就溶解了。

享受畫圖這個興趣的時候，對於在學校被說是太循規蹈矩的老古板，在家裡被說個性太過認真的我來說，是得以從壓抑之中解放的寶貴時間。

然而我把那天畫好的圖，連同心底的悲傷一起刪除了。

為了逃離不管畫得再好，只要看到這張圖大概就會回想起來的記憶。

簡直像是虛幻飄渺的沙畫，但我深刻期望當圖刪除的時候，壓力也可以一起消逝。

於是點擊刪除檔案的按鈕。

永別了，老師。

第一章　展開高中生活的兄妹

開學後上課第一天。

整條路上都是滿滿的白色花瓣，櫻花樹上的花幾乎都凋落下來，並長出點點綠芽。外面徐徐捎來涼爽的清風。

在這樣明媚晴朗的春季早晨，我跟久留里一起走出玄關。

聽爸媽坦言之後過了一晚。雖然沒辦法忘掉已經得知的事實，但想再多也無法改變任何事情。我盡可能讓自己不刻意去想這件事，希望就此漸漸淡忘。

久留里馬上就在書包掛上一大串偶像的軟膠吊飾跟周邊商品的鑰匙圈，一臉心情很好的樣子調整著襪子。

「啊～好開心喔。」

「有這麼開心嗎？」

成為高中生是一件這麼開心的事情嗎？明明也才過了一年，我就已經回想不起來當時的心境了。

「嗯！出家門之後還能跟小光走同一條路上學真的超開心！」

「也是，妳國中的車站在反方向嘛……」

「就是說啊！欸，我想手牽手去上學！」

「嗯，好啊。」

這麼說道的久留里就抓住我的手。然後不知道是不是出自惡作劇，她的手指就這麼輕輕交纏上來。我們以前從來沒有這樣牽過手。突然感受到一股冷顫竄了上來，覺得好像不太對勁，嚇一跳的我立刻甩開她牽上來的手。

接著看向久留里的臉，一股奇妙的感受瞬間朝我襲來。

透亮的白皙肌膚。一雙大眼及美麗的鼻梁。在這當中，還有著就像露出一點破綻似的，不會太過端正的嘴角。這本是多年以來看慣的容貌。

但染了頭髮，穿上全新高中制服的久留里，整個人散發的氛圍驟變，看起來成熟許多。每天都在看反而沒有察覺到的成長及變化，莫名勾勒出明顯的輪廓。

這時，有些魅惑地揚起微笑的久留里，突然讓我覺得看起來不像自己的妹妹，而是某個不認識的女生。

在轉瞬間，我產生了「這是誰？」的念頭。

這時宛如降下天啟般的感受直擊我的腦袋。

我跟久留里沒有血緣關係。

由於血緣關係不是一種肉眼可見的事情，因此直到剛才為止，對於昨天爸媽說的事情我都只是彷彿看到一層表面，並感到困惑而已。但在這時候突然理解了。

我們不相像到這種程度，怎麼可能會是親兄妹啊？這甚至讓我對於自己為什麼至今都不曾對此抱持疑惑，認定彼此真的有血緣關係而感到費解。

在這當下我切身體認。這個瞬間，第一次在感受上理解到這件理智上來說本來就很明顯的事情。

久留里跟我之間，完全沒有血緣關係。

這樣想的時候，才會覺得本來很熟悉的妹妹突然像是個遙遠的存在般，能清楚地俯瞰我們兄妹之間的關係。

而且與此同時，我才察覺一件重大的事實。

一般來說，兄妹不會手牽著手一起上學。

這是極為理所當然的事情。

會對此不抱持任何疑問地手牽著手，頂多只到國小低年級的年紀而已吧。實際上差不多從那時候到現在，我跟久留里的距離感都沒有任何改變。然而現在感受到久留里的成長，從覺得她看起來像個陌生少女的瞬間開始，這就變成讓人覺得非常不自在的異常舉動。

我的思緒就這麼暫停了幾秒，像是被突然產生的感覺絆住腳一樣茫然。

最後直到聽見在道路上行駛的車子及各種空間的聲音，這才回過神來。

久留里一臉心情很好地笑著。

「……走吧。」

「咦?小光，牽手……」

「……不牽。」

「咦?」

「又不是小朋友了，這個年紀的兄妹不會牽手上學。」

久留里聽見我這番正當的發言便愣愣地張大了嘴。

「什……什麼啊~!你怎麼突然這樣講?法律又沒有那樣規定!我們手牽手嘛!」

「有什麼好驚訝的啊?」

「小光變得好奇怪!」

「不奇怪好嗎，這是常識。」

「那跟我的常識不一樣！哥哥跟妹妹打從一出生就是相同姓氏並住在同一個家。因此從出生的瞬間開始就已經是超越夫婦的存在了耶……！」

也是啦。在開學典禮前染成一頭金髮的傢伙所認定的常識，怎麼會跟一般的認知相同。

既然如此，我這個做哥哥的就更應該教會她何謂常識。我們兄妹的感情太好了，發現的時候已經來到堪稱異常的程度。

我那股追求「正確」的心，急忙地要求改正這個狀況。

沒關係。久留里也剛好成為高中生了，往後只要維持在適當的距離，持續培養兄妹關係就好。

到了高中二年級，我第一次下定決心要跟妹妹保持距離。

＊　＊

妹妹與其他新生自此展開了耀眼的新生活，但我的高中生活並沒有過得特別愉快。

我自從去年入學之後上課都是全勤，沒有忘記帶過任何東西，也沒在走廊上奔跑過。成績一直維持在前幾名，也接下從國小開始就一直在擔任的班長職務，並加入學生會，為了學校做各種事情，看到有垃圾掉在走廊上就會撿起來，看到牆上的海報快掉了就會重新貼好，品行端正地過著校園生活。

但從身邊的人看來，似乎覺得這樣的舉動太過認真又死板。

自從入學之後，周遭同學對我的評價好像一貫都是「難相處的傢伙」，所以升上高中之後一直沒有交到親近的友人。

到了二年級換班時，大家不是在一年級時同班，就是在社團活動上認識的人，因此都不會太過緊張。第一天上課時，班上充斥著輕鬆的氣氛。

在這狀況下，我做好上課的準備，一個人姿勢端正地坐在自己的座位上。

「入鹿同學……那個～」

朝著向我搭話的方向看去，只見一個頭髮有點亂，看起來個性溫和並戴著眼鏡的男同學，一臉傷腦筋地看著我。

「這、這裡……是我的位子！不好意思！」

「啊，抱歉。」

因為茫然地在想事情，我好像坐到前一個座位去了。我起身之後他就一邊點頭致意，一邊在我剛才坐的地方坐下。

明明是同年的同班同學，為什麼說話這麼客氣……而且還在姓氏後面加上敬稱。這種感覺應該比較接近在跟同班的留級學長姊說話吧。

從一年級開始，大家基本上跟我都是保持這樣的距離感。

並沒有特別惹人厭，但也沒有受到大家喜愛，一直被人避而遠之，這就是常態。

因此這樣的我交不到朋友。

但我有感情融洽的家人，反正照我的個性也不適合跟同學瞎起鬨。校園生活過得還算和平。接下來二年級的日子應該也會跟一年級時相去無幾，就此平穩地度過吧。

然而，當天就立刻出現了超急遽變化的徵兆。

到了午休時間，總覺得教室門口好像有股騷動便看過去，只見久留里就站在那裡。

「啊！小光～！找到你了！我們一起吃便當吧～」

如此說道的她大大地朝我揮手。當我發現並輕輕揮手回應時，周遭突然掀起一陣嘈雜。

「小光是誰啊？」

「……該不會是指入鹿同學吧？」

「不不不，他這麼硬派的人怎麼可能會跟那種感覺很輕浮的女生交往啊。」

發現周遭氣氛都為此感到困惑，我便站起身說道：

「那是我妹。」

所有人都睜大雙眼，教室也陷入一片寂靜。

過了好一陣子，才開始聽見「妹妹？」、「不會吧？」、「難道他現在在開玩笑嗎？」之類的聲音。

「完全……不像耶。」

在人群中我聽見這麼一句話，不知為何湧上一股焦急的感覺。

我走到久留里身邊並攬住她的肩膀。用明確的聲音再次重申：「她是我妹。」然後久留里也說著：「我是他妹！」並伸手比出勝利手勢。

周遭的人頓時大聲吵嚷起來。

有夠引人注目。這個妹妹也太引人注目了。

對於周遭的反應感到一陣顫慄的我，手拿便當就拉過久留里的手臂，快步走出教室。

然後就這麼進到空教室裡，一起打開便當。

「哇～是炸雞耶！啊，小光，要不要跟我的蘆筍培根交換？」

「不要。妳給我把蘆筍培根一起吃下去。」

「……好啦……」

「高中生活過得怎麼樣？」

「超開心喔！感覺可以交到很多朋友！」

「那就好。然後啊，久留里……」

「怎樣？」

「……妳不要……」

我正想說「不要這麼高調」，但又仔細想了想。不，要染了這頭髮色的傢伙不要高調也太不現實了。而且就算沒有染髮，這傢伙的面容跟個性本身就是相當引人注目的類型。雖然說真的確實很希望她不要太高調，但久留里有自己的高中生活。妹妹這樣享受著高中生活，我不想說出為了維持我平穩的日子拜託自制一下這種話。

「小光，你說不要我怎樣？」

「沒事。總之……妳要認真上課喔。」

「好～」

吃完午餐回到教室之後，班上同學都在議論紛紛。

光是聽到「有看到嗎？」、「妹妹」、「入鹿」這幾個關鍵字就能想像得到交談的內容了。就連剛才不在教室裡的人都看著我竊竊私語。

入鹿久留里是我高調的妹妹這件事相當引人注目。

由於我也無從阻止，這個消息轉眼間就傳了開來。卻沒有任何一個人直接來找我說這件事。只是一直聽到別人竊竊私語。這種感覺有點地獄。

「入鹿同學。」

聽到有人叫我便抬頭一看，只見同樣隸屬於學生會執行部的渡瀨詩織就站在眼前。

她長得眉清目秀，成績優良而且品行方正，是個全方位的優等生，也是有著纖瘦身軀、豔麗的黑色長髮，以及一雙明亮大眼的美女。

「今天要舉辦學生會的例行會議。你應該沒忘記吧？」

這樣說話的語氣讓人難以想像是個高中生，渡瀨說起來卻莫名適合。

「嗯。我當然會參加。」

「那就好。今天要討論選舉的事情，我怕你忘了才來確認一下。」

她只是用冷漠的聲音留下這句話便轉身離去。

即使來打聲招呼，也不代表就是朋友。

我跟她從來沒有閒聊過什麼，也不是多麼親近。更何況渡瀨散發一種讓人覺得她不會隨便結交朋友的高潔態度。在女同學的圈子中，也看不出誰是跟她相處融洽的朋友。完美到毫無破綻，讓其他人都不禁感到退縮。有一次曾不經意聽別人說她是女版入鹿，所以說不定是跟我有點相似的類型，但不同於單純只是被孤立的我，她應該是真正孤傲的個性吧。

正當我這麼想的時候，渡瀨突然停下腳步並轉過頭來開口。

先是張開嘴巴停了一拍，但是立刻說道：

「能跟你同班是我的榮幸。往後也請多指教。」

「嗯，請多指教。」

目送渡瀨離去的背影之後我也站起身，前去參加例行會議。

學生會辦公室位在有別於校舍的一棟獨立建築物當中。那裡原本好像是包含校舍在內全被市政府指定為重要文化財產的鶴苑城茶室。與設置了教室的校舍不同，沒經過太大規模的翻修，還留有相當濃厚的日式風情。

打開門之後，大部分的學生會成員都已經到齊。

「入鹿來嘍。那就開始吧。」

「大神會長還沒來，還是再等一下吧。」

就像渡瀨剛才說的，今天這場會議主題是要討論關於五月底的學生會選舉。

我在上一次的會議中確定被選為學生會長。我們學校的學生會並沒有太大的權力，而且幾乎所有學生都對此沒什麼興趣。所以執行部自己內部做出的決定大致上就是定案。但正因為如此，才更需要經過謹慎的對談以決定人選。平常多少還是會開點玩笑的學生會執行部，現在也多少瀰漫著緊張的氣氛。

就在這時——

「請問小光在嗎～」

一個金髮女生伴隨著拉長音的語尾走了進來，所有人都微微張著嘴陷入沉默。

我按著眉頭嘆了一口氣。

「抱歉……是我妹妹。」

「入鹿的妹妹？」

「不會吧？」

周遭的人又喧嚷起來，久留里則是說著：「小光，你為什麼要道歉啊！」並噘起嘴來。

面對這裡的狀況，渡瀨站起身來。

她走到門口，露出一本正經到有點冷酷的表情對久留里說：

「對不起喔。我們現在在舉辦重要的會議，可以請妳離開嗎？」

渡瀨的氣場比一些不可靠的老師還要有威嚴。她與生俱來就是有著站在他人之上的強者風範。面對渡瀨的警告，大多數人都會退縮吧。

但這世上還是有面對這種態度也完全不介意的人。像我妹妹就是如此。

「咦，我才不要～」

渡瀨的臉頰抽動了一下。

「一年級也能加入學生會吧。既然小光在這裡，那我也要加入。」

渡瀨把強勢地一直想要闖進來的久留里阻擋在門口。

「這件事晚點再聽妳說，現在請妳離開。」

「不要就是不要！我們是兄妹所以要一起行動！而且妳是誰啊——！」

久留里像要逃離渡瀨一樣，跑到坐著的我背後。

渡瀨傻眼地嘆著一口氣也隨之走過來，並伸手輕輕擺上我的肩膀。

「入鹿同學，你能不能想點辦法？」

「啊——！太裝熟了吧！妳不要碰小光！會玷汙他！」

「什麼叫會玷汙他啊！」

「不行不行不行——！」

這下糟了。我連忙起身抓住久留里的衣襟制止她。但久留里就像被牽繩拉住的狗，氣勢洶洶地對著渡瀨叫個不停。

「抱歉，渡瀨。久留里從小就很討厭看到有女生碰我。」

「從小就……你怎麼可以放養這種東西啊！認真調教一下好嗎！」

「姆嘎——！妳也太沒禮貌了！把人當成動物一樣！離遠一點！妳給我跟小光保持一公尺以上的距離！」

「嘰——！妳這個……蠢妹妹！我叫妳出去啊！」

「答錯嘍～！我才不是妳的妹……呀啊！住手喔～！」

渡瀨硬是把久留里拉走想趕到外面去，並與揮舞四肢不斷掙扎的久留里開始動手動腳。

在其他人紛紛為之騷動的狀況下，擔任書記的小川學長喊道：

「誰快來阻止她們啊！渡瀨可是少林寺拳法的好手耶！」

什麼，我還是第一次聽到這種事⋯⋯

於是連忙上前壓制住久留里。

「入鹿同學，你閃遠一點！我要一擊解決她！」

「等等，不要一擊解決我妹妹好嗎！」

「呼咕！」

渡瀨使出怎麼樣都難以想像是少林寺功夫的鎖喉技要置久留里於死地。我連忙想拉走久留里，但她儘管痛苦還是持續揮舞著手腳拚命掙扎。

久留里甩動的手直接朝我的臉打了過來。

「好痛！久留里！妳夠了！」

「嘎啊——小光！小光！我要被殺了——！」

「才不會殺妳。我才不想年紀輕輕就變成罪犯。」

「渡瀨也冷靜點！各位，拜託幫我拉開她們！」

我光是壓制住久留里就使盡全力了，於是這麼喊著希望他們可以幫忙壓制渡瀨。

目瞪口呆的其他成員們雖然回過神來，卻還是沒有採取行動。

「你們還在做什麼！快點啊！」

「我會怕啦！」

「我也是！」

「我也是！」

「根本贏不了她好嗎！」

「不，贏不了也沒差，拜託幫我擋住她啦——！」

這下子周遭才總算採取行動，幾個人一起衝上來拉開她們，才讓這場女生扭打在一起的爭執平定下來。

整個社辦好一陣子都平靜無聲。只能聽見幾個人氣喘吁吁的聲音。

還飄出讓人誤以為這裡其實不是學生會執行部而是柔道社的汗味。

不知道是什麼時候抵達社辦的現任學生會長大神學長就站在入口處，雙手抱胸並眯細了那一雙本來就很小的眼睛。

大神學長一點也不像是高中生。好像不管刮得多仔細，他的鬍子到了傍晚都會長出來的樣子，常有人看到他在午休時間勤奮地在洗手台刮鬍子的模樣。但他今天似乎連做這件事的時間都沒有，只見他的下巴現在也有點鬍碴。以後應該是會變成聖誕老人的類型吧。

大神學長語重心長地說：

「……之前是選入鹿當學生會長，渡瀨則是副會長對吧？」

「是。」

我跟渡瀨端正姿勢，點了點頭。

大神學長按著眉頭，重重嘆了一口氣。

「……真的沒問題嗎……」

他發出像是對我們學校的未來感到不安的聲音，但其他人都只是保持安靜。

「欸！真的沒問題吧！大家覺得呢？」

他睜大雙眼，這次用洪亮的聲音向大家問道。不過說真的，大多數人都不太想扛下這個職責，因此沒有人對上會長的視線。

「會長～我幹勁十足，可以加入學生會嗎？」

「當然不行啊！」

渡瀨的回答讓久留里嘛起嘴來。

「我又～沒在問妳～！」

「妳、妳這個囂張的臭丫頭！」

渡瀨像個魔女一樣說出在日常生活中恐怕不太常聽到的台詞，並再次表現怒火攻心的樣

子，周遭的人也連忙上前圍住她。沒想到渡瀨是這麼血氣方剛的人。

＊久留里與家人

我最喜歡自己的家人了。

爸爸入鹿四郎。他是個警察。外表看起來就像隻熊一樣很有威嚴，其實是個性格平穩而且溫柔的人。基本上很冷靜，不過一旦碰上家人的問題，有時也會顯得慌張。是個就連這種地方都很出色的父親。

媽媽入鹿葉子。明明是個美人卻有笨拙的一面相當可愛，動不動就會說些喪氣話讓人放心不下，但也是有著為人母可靠的一面，果然還是很喜歡她。其實媽媽畫的情色漫畫我全都偷偷看過了，每一部作品都既戲劇化又情色，真的超精彩。我暗自覺得媽媽是個天才。

妹妹入鹿四葉。雖然是個不太愛說話的孩子，偶爾露出的笑容真的可愛到太陽系都要爆炸的程度，我每天都要繃緊神經，就怕她遭人綁架。而且無論任何事情都想替她做。

還有哥哥，入鹿光雪。小光是我最喜歡的哥哥。

小光從小去公園玩的時候，只要看到有垃圾掉在地上就會從書包裡拿出塑膠袋，伸手撿起來。

國小、國中時到現在都是個名副其實的優等生。班長、組長、社長之類各種職責可以說是幾乎都由他擔任，上課從不遲到也從不請假，成績總是排在前幾名。早上會在自家附近一邊慢跑一邊撿垃圾，放學之後會到他從小學一年級開始去學習的劍道場練習，回家路上更像呼吸般四處幫助人。

對我來說，這樣的小光是個帥氣的正義英雄，也是無可取代的重要存在。

我本來就不是個會想要特地去撿掉在公園的垃圾那種人。只會默默覺得反正又不是自己丟的垃圾，並事不關己地直接走掉。

但小光完全不覺得這是一件麻煩的事情。即使不會得到任何好處，他還是極為自然地這麼做。因為這樣的他看起來非常帥氣，因此我也跟著一起做了之後，開心的事情愈來愈多。也覺得很自豪。

沒什麼強烈的正義感，也不太在乎社會規範之類的東西，真要說起來算是不太正經的我之所以沒有走上歪路，過著正常人的生活，無疑是受到小光的影響。

我從小就一直跟在最喜歡的小光身後，跟著他跑來跑去。

追著他一起進入同一所高中，也發現小光果不其然是個成績優秀的班長，隸屬學生會，品行方正但也是個出了名有點太過認真的死板學生。

雖然小光好像覺得我很引人注目，實際上是他才更受到矚目，而且我也正因為是小光的妹妹，才會這麼快就在校內出名。

他自己好像完全沒有自覺，其實在暗地裡也很受歡迎。

大家只是覺得難以找他攀談而已，事實上有很多人都想跟小光交朋友。

然而小光既認真又太死板的個性，讓他很不會對他人敞開心房，所以總是交不到朋友。

因此一直以來能夠正確理解並愛著他這個人的，也就只有我們家人而已。

就只有家人，對於無法與其他人融洽相處的小光來說，一直都是特別的存在。

我對於自己生來就是小光的特別存在的「家人」這點感到自豪，甚至還抱持著優越感。

第二章　兄妹關係的修正

到了四月中，一開始還很緊張的新生們也都漸漸像個高中生了。在制服穿著以及喧鬧的程度上，也一點一點不再那麼客氣。

我那個就讀一年二班的妹妹也是，早就完全拋開對學校抱持的緊張感，久留里秉持著那樣天不怕地不怕，與人很親近的個性，好像已經結交到許多朋友，也認識了很多人。每次看到她的時候都在跟不一樣的人聊天。畢竟久留里的容貌很引人注目。而且也具備吸引人的開朗魅力。就算只是默默地待著，想跟她交朋友的人也是絡繹不絕。

至於升上二年級的我，被同班同學及別班學生搭話的次數也飛躍性地增加了。

「入鹿同學！你妹妹想做爆米花，結果把理化教室弄得全都是爆米花！」

「好！我馬上過去。」

「入鹿！你妹在上課的時候逃跑嘍！」

「是。我馬上去把她找回來！」

「入鹿同學！你妹妹在體育館後面的樹上下不來！」

「是貓喔！」

「入鹿同學，你能介紹妹妹給我認識嗎？她完全是我喜歡的類型……」

「不能！」

「別這樣說嘛，哥哥！」

「誰是你哥！給我回去！」

找上我的時候，通常都是跟久留里有關的事。我也每次都要跑去處理。

但她是我的家人，這也無可厚非。問題在於遑論要下定決心修正我們兄妹之間的距離感了，成天被她耍得團團轉，根本沒時間去想這些。

久留里的「撒嬌」還是一樣很激烈。這個本來就宛如撒嬌鬼化身的妹妹，最近因為自己體認到這有多麼異常，更是覺得太過頭了。

我們之間的距離感，真的太近。

「啊，小光！原來你在這裡！」

久留里大概有一半的下課時間會來二年級的樓層找我，找到之後總之就先跑過來說著「補給一下哥哥能量」之類莫名的話，並緊緊抱上來。然後就在抱著的狀態下像狗一樣嗅起味道。隨後便抬起頭來，開心地露出燦爛的笑容。動不動就會握住我的手，她挺直背脊湊過來的臉，與我之間的距離總是異常靠近。

「小光今天的便當有什麼菜？」

「打開就知道了吧……有春捲、炸雞、起司、小番茄跟煎蛋捲。」

「欸嘿嘿。最喜歡結果還是會告訴我的小光了。最喜歡你。」

久留里依然緊緊抱著我，並笑著再次用頭蹭了過來。她的動作就跟見到飼主回家的狗一樣，然而本身是個美少女高中生。我能聽見一旁幾個不認識的男學生們不禁抖了一下，接著就開始交頭接耳地談論起來。

「哦哦，在校內竟然也好意思這麼光明正大地親熱放閃啊。」

「沒有啦，你看仔細。那是入鹿兄妹。」

「啊，真的耶。什～麼嘛……原來是個兄控啊。」

我立刻面向他們那邊說道：

「拜託！要講壞話！好歹別讓當事人聽見！」

這樣喊完，男學生們立刻就如鳥獸散。

入鹿久留里是個死忠兄控的事，轉眼間就在眾多學生之間傳開了。而且還在持續擴散中。受到久留里撒嬌的影響，將整個現況帶往與我想要矯正的正常完全相反的方向。

久留里還是緊緊抱著我，抬起目光愣愣地看過來。

「久留里，在學校裡不要太黏著我。」

「咦？我又沒做什麼奇怪的事。因為我們是兄妹啊。」

「這樣很不好。一點也不正常。」

「世間上的哥哥跟妹妹，好像都會很正常地抱在一起接吻之類的喔。我甚至覺得我們還不夠要好呢。」

「妳到底是在哪裡見識到那種不知廉恥的世間？」

「媽媽的漫畫裡。」

「不准看。而且在那些作品當中沒有出現任何一對正常的兄妹。」

一般兄妹才不會像這樣黏在一起。我想跟她保持更適當的距離感。

反而想知道自己怎麼會至今都沒有對這樣的距離感抱持疑惑呢？這令我百思不得其解。

我跟久留里從小就很要好，因此真的直到最近都沒有察覺這點。但人並不是突然長大的。正因為是漸漸長大成人，才會掌握不到開始介意的時間點……照理來說從國中開始就會自然產生的距離並沒有順利地拉開。就像是放著每天都在用的書包出外旅行一星期，回來才發現竟是這麼又髒又塌。恐怕就是這種現象吧。

「小光，頭痛嗎？要吃藥嗎？要一起去保健室嗎？」

「不用……妳快回教室吧。」

「嗯。掰掰。」

久留里跑著離開。中途還轉過身來，朝我大大地揮著手。

我低調地揮手回應，並嘆了一口氣。

「入鹿同學，下一堂課要去音樂教室。再不快點會遲到喔。」

走在一旁走廊上的兩個同班女生單手抱著教材，輕笑著這麼提醒我。

「謝謝。」

向她們道謝之後，我便回教室拿課本。

總覺得最近身邊的人對我的態度沒有那麼拘謹了。由於一年級時都被人避而遠之，雖然這不全是壞事，但也有種被小看的感覺。即使總比讓人覺得不易親近，甚至害怕跟我相處還要好得多，卻也令我感到相當困惑。這究竟是什麼樣的感覺啊？

我的高中生活，正一點一點遭到久留里（妹妹）的侵蝕。

* *

「入鹿同學？你還好嗎？今天學生會要集合喔。」

放學後，當我累到趴在桌上時有人對著我開口，抬頭一看只見是渡瀨。

「我們一起去吧。」

渡瀨難得這麼約我，兩人便一起前往舉辦例會的學生會執行部的辦公室。

「反正我們同班嘛……」

「咦？」

她突然間想說什麼呢？我搞不太懂沒有脈絡可循的對話。

「因為我們同班，就算一起去也不奇怪吧？」

「…………也是呢。」

我這麼回應之後，渡瀨微微瞇細雙眼並輕呼一口氣。

「這麼說來，下課時間我碰巧看到……你妹妹又跑來二年級的樓層嗎？」

「抱歉，給妳添麻煩了。」

「我不是這個意思……只是有點擔心。你妹妹是不是有點像是跟蹤狂？沒問題嗎？」

「……她……該怎麼說呢，沒事啦。她就是這樣的妹妹。」

「從小就這樣？」

「嗯。國小的時候也是，一天到晚泡在我的班上，有一次還以為打鐘就會回自己教室，沒想到竟然若無其事坐在缺席同學的位子上課……」

「真驚人啊。不過還是請她克制一下吧？學生會選舉就快到了……在各方面還是得謹慎一點。」

「這樣說是沒錯啦……」

久留里理所當然地想在二年級的教室裡吃午餐。

她就是會若無其事地做出這種「雖然沒有明言禁止，但一般來說不會這樣做」的事情。學校這種地方會有排除異己，抹滅太突出的個性，想讓大家變得半斤八兩的傾向。然而與此同時，學校也具備只要內部出現一點紛擾，轉眼間就會傳染並擴散開來的特性。我也能明白渡瀨想提出忠告的心情。

「但是……要出言阻止她……是一件滿……應該說相當困難的事。」

「連入鹿也很難嗎……？」

「嗯……那傢伙個性自由自在卻也很頑固，要是用錯一點說法反而會更加惡化。她現在才剛入學不久，我想再過一陣子應該多少會冷靜下來吧……」

「……要不要由我去說服她？」

「拜託不要動粗。她是我重要的妹妹……」

「這是什麼意思啊……我會和平地說服她。」

「不了……謝謝妳。我會想想辦法。」

得知渡瀨是個血氣方剛的人，我就不太想求助於她了。

要是真的這樣做，想也知道結果豈止不只會變成火上添油，甚至還追加倒入石油跟汽油。而且關於久留里的事情，我打從一開始就不打算求助於同學。她是我妹妹。所以這是我們家人之間的問題。

一進到學生會辦公室，只見久留里已經混在裡面。

她跟其他人一起吃著茶點，以久留里為中心的一群人當中有男生也有女生，大家和樂地談笑風生。明明不久前才剛入學，與大家之間的關係卻比我還更沒有隔閡。這下子她肯定會賴著不走了。

「我喜歡的類型，應該是年紀比我大，個性又認真的人吧～」

與大家聊天的久留里很有精神地這麼說完就注意到我。

「啊！小光～！我好想你喔～！」

「咳呼！」

久留里使勁地擒抱過來。她的氣勢強到讓在我身旁的渡瀨抽動臉頰，但其他人似乎是習慣了，並沒有特別做出反應也沒有吐槽。真希望他們不要習慣這種事。

久留里依然黏在我身上，並抬起一雙大眼看向渡瀨。

「渡瀨學姊也要吃點心嗎？我帶了很多過來喔。」

「我才不要。」

「剛才聽說學姊熱愛紅豆泥呢……有超好吃的點心喔。」

「……哪個？」

「妳來看。據說是夢幻的大福喔！」

「咦！難道是那個很難買到的『繁星☆饅頭』嗎？」

「學姊知道喔？不愧是紅豆泥控！」

渡瀨輕易就被她的步調牽著走了。竟然這麼簡單就輸給她帶來的什麼紅豆泥。

最近漸漸發現渡瀨是個比起她給人的印象還更單純許多的女生。久留里也是，雖然性情急躁，但基本上是個不會記仇又容易與人親近的類型，因此兩人很容易就打破隔閡了。儘管在第一次見面時陷入一觸即發的狀況，說不定她們相處起來其實不會有什麼問題。

當我想著這些事的時候，久留里就拿了一顆巨大的大福回到我面前。

「來。小光，啊～」

我沉默地搖了搖頭。

久留里再次把大福遞到我的嘴邊，於是我伸出了手。

「……啊～」

「我自己吃。」

這麼拒絕她之後，久留里露出生悶氣的表情。沒想到她認真起來了。

「小光，張開嘴巴！」

「呼嘎姆！」

久留里拚命把一大顆大福塞進我的嘴裡。柔軟的大福塞滿整張嘴，壓迫到難以咀嚼，甚至阻礙到呼吸。這讓我猛烈地嗆咳起來。

「等等，這樣會害入鹿同學窒息吧？」

渡瀨連忙過來想替難受的我順一順背部。

「啊！剛講完就馬上想去碰他！不行啦！」

「欸，妳……妳不要把人講得好像色老頭一樣好嗎？」

「不能碰小光啦！」

「哼。妳愈是這樣說我就愈想碰他了。」

渡瀨毫無意義地抱住我的手臂。

「不、不行！不可以不可以！」

久留里連忙想把她拉開，但是渡瀨使勁抓著怎樣都不肯鬆手。久留里氣得滿臉通紅，還「唔嘎唔嘎」地喊著，十分拚命。

妹妹啊。真希望妳不要因為這麼無聊的事情就一副要哭出來的樣子。嘴裡塞滿大福還拚命想辦法呼吸的我，才真的是淚眼汪汪。

「啊啊討厭啦——！妳不要黏在他身上！」

這確實不是黏在我身上。絕對是對我使出了某種鎖喉技。最明顯的證據就是我的肩膀跟脖子都有點痛。

「尼們兩隔！住手鶣！」

期盼這樣難以聽懂的呼喊可以想辦法制止她們，這時渡瀨才像回過神來一樣鬆手了。

「對、對不起……」

不知為何，渡瀨一副消沉的模樣。我很少看到她這種反應，不禁感到有些困惑。其他社員也都睜大了雙眼。

我朝久留里瞪了一眼，她一開始還態度強硬地瞪了回來，最後終於沮喪地低下頭去。

「嗚嗚……對不起。下次我會撥小塊一點再餵你吃……」

真的拜託小塊一點，但重點不在這裡。

回家路上，我對久留里諄諄教誨一番。首先是關於大福很可能成為凶器或死因這點。除此之外，她也必須再更加尊重社會規範。話雖如此，久留里的個性既頑固又急躁。要是說得太嚴苛，她可能會鬧起彆扭。因此我婉轉地用柔和的說法告訴她。

「總之……妳日子能不能再過得平穩一點啊？」

即使我用柔和到像粥一樣的說法，久留里還是嘟起了嘴。

「咦～我過得很平穩啊。」

「……是嗎？」

我緊緊注視著她的雙眼，久留里露出有點難為情的表情。

「雖然髮色是高調了一點……也會闖進學生會……但除此之外就只有每當在校內看到小光時跟你打招呼而已啊。」

「妳還在上課的時候跑出來了吧？」

「那是因為看到窗外有個老婆婆獨自走在人煙稀少的路上結果跌倒了。覺得很擔心才會跑去看看狀況。」

「都幾歲了還爬到樹上去了吧……」

「因為有小貓下不來啊！」

「妳是少女漫畫的英雄嗎！」

「這些全是學小光做的嘛……我不能坐視不管啊。」

「即使妳趁亂把這些講成像佳話一樣，我絕對不會在理化教室做爆米花。」

「那只是跟朋友在鬧著玩……我不覺得這是多麼窮極凶惡的事。」

「妳也太常來二年級的教室了。」

「咦～那又不只有我，也有很多其他年級的人過去啊。」

「唔唔……」

確實久留里在不好的方面會格外顯眼，不只是因為行動而已。單純是她的容貌很引人注目。要說是偶像魅力也行。所以即使只是一點小事也會鬧得很大。

「即使也有很多人不這樣想……但我只要在學校之類，不是在家裡的地方看到家人，就會覺得很放心也很開心啊。」

「這點我也能理解啦……」

「你能明白我有多高興嗎？」

「我知道妳很高興，但好歹節制一點。」

久留里不滿地說著「咦～」並皺起眉頭露出一臉傷腦筋的表情。

「而且啊，被認定是兄控之後就沒什麼奇怪的人靠過來了。這也幫了很大的忙。」

「這樣啊……」

到了高中生的年紀，很多人會情竇初開。再加上我妹妹是宇宙級的可愛，即使個性相當難搞，但理所當然很受歡迎。久留里的兄控行徑，似乎也起了阻隔想隨便靠近她的輕浮男學生的功能。如果有奇怪的蟲子想靠近可愛的妹妹，我當然也會盡全力排除對方。因此她利用哥哥當作自衛的一環，反而令我感到佩服。

「妳說到這份上……我也不能說什麼了。」

「嘻嘻。我最喜歡小光這種個性了喔。不過除此之外的地方也全都喜歡。」

總覺得是被她的花言巧語說服了。而且，最後還是沒能成功勸告她任何事情。

＊　＊

問題不只出在學校裡而已。久留里是我妹妹。既然是妹妹當然也會回到家裡。

「啊，小光在下廚！今天是小光煮飯嗎？」

「對啊，媽媽現在工作忙不過來，爸爸也會比較晚回家……喂，不要纏上來！我手上拿著菜刀耶！」

「好久沒吃小光煮的飯了呢。」

「住手喔。抱這麼緊我會切斷手。」

「哥哥的飯。」

看到久留里從背後緊緊抱過來，四葉也跟著有樣學樣。

喀嗟喀嗟喀嗟喀嗟。拿著菜刀的視線晃動起來。危險到不行。

「飯飯、飯飯……！」

「飯飯～」

「妳們兩個太礙事了！給我去那邊看電視或影片！」

「好啦～」

我這麼一喊，妹妹們這才總算離開並走向客廳。

就只有在父母特別忙碌的時候，才會由我來煮晚餐。

今天除了白飯之外，準備了很多豬五花炒白蘿蔔，以及加了蔥跟油豆腐的味噌湯。還有媽媽事先做好的胡麻拌紅蘿蔔與醃漬小黃瓜。

當然還是媽媽煮起飯來格外熟練。由於我只會做些不會失敗的簡單料理，因此菜單變化相當貧乏。今天還有媽媽的常備菜可以配，但平時只會有一道配菜而已。這也讓我默默感受到自己對料理不太講究，而且也沒什麼天分的事實。

即使如此，妹妹們總是笑瞇瞇地吃得很開心的樣子。

看到久留里喝下味噌湯後心滿意足地呼氣的模樣，還有看著四葉吃到鼓起的雙頰，就會產生幸福的感覺。爸媽也會開心地稱讚自己幫了大忙。為了家人做些什麼是我最能感受到滿足的時候。

吃完飯後，當我在整理餐桌時，看到四葉正準備外出的樣子。

「四葉，妳要去哪裡？」

「想吃冰……我去買。」

晚上七點。她才剛升上國小三年級。能不能讓孩子在晚上自己一個人去便利商店買東西的判斷基準，會因為每個家庭的方針及孩子的資質而有所分歧，但離我們家最近的便利商店也要走上十分鐘左右。何況四葉的外表看起來比實際年紀小很多。我還是盡可能不想讓她在容易遭到綁架或碰上變態的時間點外出。

「我晚點再去買給妳。」

「但是……我想自己選。」

四葉噘起嘴來，這時久留里突然介入這個話題。

「我也想吃，四葉，我們一起去吧。」

「姊姊……喜歡妳。」

「我……我也喜歡四葉……最喜番妳惹！也喜歡吃冰！」

久留里一臉欣喜的樣子，緊緊抱住四葉。

「要是久留里跟著一起去，肯定會買很多沒必要的東西。放在櫃子裡的餐費可不是拿來買點心的錢喔。」

「既然如此，小光也一起去不就得了。」

像在抱玩偶一樣把四葉緊緊抱住的久留里這麼一說，四葉也跟著點點頭，結果就變成三個人一起出門去買冰。

穿過天黑之後飄散著烤魚及咖哩香氣的住宅區，我們一起朝便利商店前進。

走到斑馬線前時，四葉朝我伸出手來。

「哥哥……牽手。」

「咦，喔。」

從她念幼兒園的時候，我們就一再叮囑要跨越車道時一定要牽住手，所以到了比較大一點的現在，這個概念還是根深柢固。

牽起四葉的手之後，不知為何久留里也握住我另一邊的手。

跟四葉牽手感覺就很自然，但跟久留里就覺得很不對勁。這也是理所當然。她們年紀差了很多。不過要是只拒絕她，又會像是差別待遇一樣，感覺有點可憐。我這麼想著並看向久留里。

久留里的眼神也正朝我瞥過來，一對上視線，她就一副如自己所願一樣揚起竊笑。看到她這副表情也讓我察覺……這傢伙就連我這一連串的思緒都看透了還故意這樣做。

「嘿！」

我鬆開手之後，她立刻發出「咿——！」的哀號。

「為什麼只鬆開我的手——？」

「誰要趁亂跟高中生妹妹牽手啊！妳已經不是牽手的年紀了！」

「咿——！這是年紀歧視——！」

如此喊道的久留里還是想過來握住我的手。我動作俐落地避開，然而就在我們持續進行攻防時，才發現四葉不見了。

「等等，四葉呢？」

「咦？人呢？」

我們環視四周，這才發現她在便利商店內挑選冰品的身影。

「四葉！」

「四葉，妳不可以自己先走啦～」

我們慌慌張張地進到店內並走到她身邊，她只說了一句：

「……哥哥姊姊都太慢了。我已經選好嘍。拿去。」

四葉露出相當成熟的表情嘆了一口氣，並將選好的冰品交到我手中。

回家之後當久留里跟四葉去洗澡時，我也開始洗碗，接著將傍晚先拿去洗的衣服拿出來摺好，這才總算能喘口氣。

來泡杯茶喝好了……好想休息一下。當我這麼想並正要在椅子上坐下時，浴室那邊傳來一道呼喊。

「小光～我忘記拿毛巾了～」

「……我拿過去。」

當我走到更衣間的時候發現浴室的門是開著的，由於不經意瞥見一片膚色讓我當場愣了愣。想順手把門關起來時，浴室裡就傳來埋怨。

「啊～！小光，不要把門關起來啦。熱氣都悶在裡面耶。」

簡直像是完全不具備人類應有的謹慎。不只是這樣，久留里還會若無其事地在我面前換衣服。以一個高一女生來說，這應該是滿有問題的舉動。

我將毛巾放著，便嘆了一口氣離開。

做完家事，自己也洗完澡之後，這次又被叫去客廳。

「小光，你也來陪我一起看小町新歌的ＭＶ嘛。」

螢幕上只見久留里喜歡的偶像團體正在唱歌跳舞。這支ＭＶ我已經看了超過二十次。

坐下之後，四葉就坐到我腿上，三人一起看了影片好一陣子。

明明沒有興趣，但我跟四葉都能說出所有團員的名字跟暱稱，也對團員的代表色還有喜歡的食物瞭若指掌。不僅如此，還能清唱出道曲。前陣子爸爸還一邊刮鬍子一邊哼她們的歌。家人帶來的影響真是太驚人了。

這時才看已經刷完牙的四葉打了個呵欠，沒想到她馬上睡著，我便將她揹到寢室去。

回到原本的地方坐下來之後，久留里便若無其事地坐到剛才四葉的位置，也就是我的大腿上。

「……久留里，下來。」

「小光太偏心了吧！我跟四葉到底哪裡不一樣？」

「大小跟年紀啊！給我下來。」

我態度強硬地這麼要求。必須矯正這個太過靠近的距離感！

馬上就說「不要！」的久留里依然坐在我的腿上，甚至轉了一圈變成跟我面對面的姿勢。而且還伸出雙手抱住我的脖子。

「小光。」

彷彿瞪視一般朝我看過來的臉端正得驚人。看起來有點濕潤的大眼就在這麼一瞬間讓我的心跳漏了一拍，不過我也因此察覺到危機感。

「久留里……放開我。」

「不要不要！我們明明是兄妹！你為什麼要說這種話！」

「想像一下好嗎！假設一對五十歲跟五十一歲的兄妹用這樣的姿勢抱著，很異常吧！」

「姆唔唔唔唔！一點也不奇怪啊！」

很乾脆地大聲說出這種話的久留里張嘴就朝著我的脖子一口咬下。

「好痛！妳幹嘛啊！」

「啊，抱歉……突然有點火大，才忍不住就……」

這麼道歉之後，她接著又舔了同樣的地方。濕滑的感觸跟一股顫慄的感受竄過脖子。

「唔喔！不要舔！」

「因、因為你說很痛啊……」

要是雙腿間在這狀況下產生反應，往後的日子就再也不用活了，為此感到焦急的我伸手穿過久留里的腋下，將她抬起來放到沙發上。

久留里一直反覆哭鬧著「嗚哇～好過分好過分」並誇張地倒在沙發上，但過了一陣子就動也不動了。

「久留里，回房間睡啦。」

「我好想睡……小光揹我……」

當然了，小時候我也曾揹過睡熟的久留里回到她房間。應該說，直到最近也都不覺得介意。然而一般來說應該不會對高中生的妹妹做那種事吧。

「既然醒著就自己走回去。」

「我已經睡著了……」

久留里一動也不動。

「妳自己走回房間睡。」

「你之前明明都不會這麼冷漠。」

「以前妳又還沒長這麼大！」

「我講的是不久前好嗎！」

「……看來妳沒有很想睡嘛。」

「…………」

我這麼一說，久留里就馬上裝睡。我依然站立並緊盯著她看，後來她便喊道：

「唔嘎啊——！算了！我就在這裡睡！直到秋天之前都不要來叫我！」

「……真拿妳沒轍。」

結果還是我屈服了。

做出要揹她的姿勢之後，明明剛才還在說想睡，卻立刻就攀上我的背。

「小光、小光。」

「咳呼……好痛苦。不想從樓梯摔下去就拜託妳不要勒住我。」

「因為我最喜歡你了啊～！」

「妳不是說想睡了！」

「這也沒辦法啊。再說了，妹妹本來就是跟在哥哥後面才出生的。因此所有妹妹都可以說是哥哥的菁英級跟蹤狂……」

一點也不會沒辦法，而且這樣講對世上一般的妹妹們都太失禮了。

即使如此，久留里好像是真的滿想睡的，她的頭埋進我的頸窩間，稍微安靜下來。

咚、咚、咚——我緩緩地踏著一階一階的樓梯向上走去。

這時傳來久留里像是跟呼吸一起吐出的細微聲音。

「欸。」

「嗯？」

「……小光是我的哥哥對吧？」

「……對啊。」

她為什麼突然這麼問呢？有事情瞞著她的罪惡感，讓我不禁解讀到更深的層面。

雖然在轉瞬間感到焦急，但立刻仔細思考了一下。不，久留里應該不會因為這樣就察覺我所隱瞞的事情。

不能老是像現在這樣折服。我必須秉持著強烈的意志才行。

這麼想著的我再次激勵自己要修正這樣的兄妹關係。

沒事的。說不定是因為現在才剛開始這麼做，所以她才無法諒解，但只要再過一陣子就會習慣新的距離感了。

隔天晚上。當我在沙發上看書時，久留里滿臉笑容地從背後走了過來。

「小光！」

「什麼事？」

我一邊翻書，一邊這麼回答。

「小光是我的哥哥對吧？」

「……對啊。」

「那今天就一起洗澡，一起睡覺吧！」

我驚愕地轉過頭去，嘴也張得老大。

天啊……

明明是這麼拚命想要矯正，但就像要跟我的言行較勁一樣，不知為何反而是久留里撒嬌的等級更加提升了……

「感情融洽地一起洗澡！」

「我不要！怎麼可能一起洗啊！」

「你就可以跟四葉一起洗吧？」

「……嗯——畢竟她才八歲啊。如果無論如何都有必要的話是可以。」

「那為什麼我就不行？我們一樣是你的妹妹耶。」

「因為妳這個妹妹已經是高中生了。該怎麼說呢……對我來講就算是弟弟也會拒絕……一般來說只要超過十歲左右，兄弟姊妹就不會再一起洗澡了吧。」

沒錯。就算是親妹妹也一樣。大多家庭都是如此吧。當然應該也是會有例外，但正因為偏離「大多」的範疇才會稱之為例外。雖然我也不是那麼清楚其他家庭的內部狀況，不過相信一定是這樣。

「今天好想一起洗喔～」

「我不要……毋妄言！」

「為什麼要講奇怪的古文啊？沒什麼好在意的吧？我們是兄妹耶。」

「我們以前也沒有一起洗過澡吧！為什麼要把距離感變得這麼莫名其妙啊！這樣很奇怪吧！」

「奇怪的是小光好嗎！」

「咦！」

「你最近……很奇怪啊。」

我確實是有所改變。體認到我們沒有血緣關係之後，就對兄妹間的距離產生疑問，而且突然變冷靜的人是我沒錯。

但這並不是變得奇怪，只是變得正常而已。

以前我都是不抱持任何疑問地跟她融洽相處。如果想法還跟之前一樣，這時候的我會若無其事地說聲「嗯，好啊」就跟她一起洗澡嗎？那樣也是滿可怕的……總覺得難以想像以前的自己，感覺跟另一個人一樣。

結果我隨便蒙混過去，逃回自己的房間了。

狀況並沒有朝著意料之中的方向發展。豈止如此，異常的程度還愈來愈嚴重。我一本正經的精神，因為無法將這件事朝著正確的方向矯正而發出哀號，也累積了不少壓力。

於是拉開抽屜，拿出平板。

接著就是專注地拚命畫圖。

這個角色的名字是檜山真琴。

擔任棒球社經理，同時暗戀著隊長，個性有如女中豪傑，是個短髮的巨乳女生。然後這張圖所畫的是當她在社辦裡緊緊抱著隊長的制服時，突然有人闖進來的那個瞬間。

＊　　＊

學生會選舉的日子漸漸逼近。雖然幾乎都只有形式上而已，還是該繃緊神經。

那天早上，久留里說要去參加社團活動，於是先出門了。

後來當我到校的時候，學校裡呈現一片異常的光景。

校舍裡到處都貼滿附上我照片的宣傳海報。

「這是怎樣……」

這時聽見像是將我的心聲直接說出來的聲音，於是朝那邊看去，原來是生物老師岡田。

「入鹿，我知道你對選舉活動抱持熱情，但不要貼在規定以外的地方。」

「不，這不是我貼的……」

「我也在想你應該不會做這種事……如此一來會是誰貼的啊？」

我們雙手抱胸沉思了一下，還是不知道做出這種事情的犯人會是誰。總之，先將貼得到處都是的宣傳海報一張張撕下來。不過數量真的太多了，而且還會在撕下來的地方重新貼上新的海報，總之遲遲無法全部撕完。

到了下課時間，當我再次到各處去撕海報時，久留里便跑了過來。

「小光！有人在到處撕掉我貼的宣傳海報！這算是妨礙選舉……咦，你在做什麼？」

「在撕海報。」

「為什麼？」

「因為除了規定的地方都不能亂貼。」

抬頭看過來的久留里身上正掛著「支持入鹿光雪成為學生會長！」的競選背帶。

「是妳啊……」

「咦？是我喔。怎麼了嗎？」

「不用做這種事也沒關係……而且這個！這設計不管怎麼看，我都像個通緝犯耶！」

「啊，是嗎？真的耶。啊哈哈哈！」

這似乎戳到久留里的笑點，只見她笑翻了過去。

「還有，也有人表示『儘管是自家人，但一個不是學生會成員的人這樣公然行動，觀感不太好』。」

「咦～說這種話的是哪個傢伙？也太討人厭了吧！」

「這不是重點！」

去找大神學長商量時，只見他在走廊上的洗手台刮鬍子。

「喔喔，嗯，我也有看到這個宣傳海報。設計有點不太好耶。」

大神學長端詳起宣傳海報並如此評論。

「而且這張照片看起來也有點像個狠毒惡棍……沒有更上相的照片嗎？」

有點像個狠毒惡棍……這讓我體認到並非所有形容只要加上「有點」就會比較溫和。

「不好意思。這是我妹妹做的。」

「嗯……」

大神學長朝著躲在我身後的久留里瞥了一眼，深深領會般點了點頭。

「不過應該沒關係吧？」

「咦？」

「學生會的二年級成員當中，除了你跟渡瀨以外無論好壞都是比較低調，個性也缺乏霸氣吧？像這樣積極做宣傳也不是一件壞事。」

「但她不是學生會的人……」

大神學長用毛巾擦了擦臉，就走進教室拿出一張紙交給我們。

「只要正式加入學生會就好了吧。」

久留里動作敏捷地立刻接過那張紙。

「如、如此一來……我就可以盡情公然支持小光了對吧！」

「真的沒問題嗎？學長？這樣真的好嗎？學長！」

「……嗯，反正只要你握緊轠繩……」

「耶～！謝謝學長！」

握著這麼凶悍的馬的轠繩，真的不會一起跌落懸崖嗎……

我懷著這種不安的心情看向妹妹。只見她露出更加煽動我內心不安的滿臉笑容。

「小光！我會努力宣傳喔！」

這是為什麼呢？真希望她不要太努力。或許是這樣的心境表現在臉上了。久留里微微皺起眉頭。

「我……想幫上小光的忙啊。」

這句話使我恍然大悟。

久留里的言行再怎麼不正經，我也知道她這句話當中不帶一絲虛假。

儘管久留里的海報品味很有問題，即使如此除了照片以外，其他地方都是手寫的。至少這樣拚命的態度很值得嘉獎。

「呃……謝謝妳。」

「不客氣！」

聞言的久留里整張臉都亮了起來，開心地揚起滿臉笑容。然後見她又想貼過來，我便將其推開。

「姆嘎——！為什麼啦——！」

我並不是討厭久留里，站在兄妹立場也很疼愛她。不管怎麼說，除了她之外再也沒有其他人會為自己拚命做到這種地步。對於她付出的努力，我也想好好疼愛一番。

但為了脫離這種異常的狀況，認為必須保持距離的想法也確實存在，而我的心就在這兩者之間搖擺不定。

家人很重要。是很重要的存在。然而這樣太不對勁了。一點也不正常。應該矯正才對。

就在那一天，我畫的圖又增加了一張。

鴻上繪梨——從小就過著大小姐生活的她，第一次獨自溜出宅邸去買東西時的插圖。她想在自動販賣機買碳酸飲料，緊張地從錢包裡拿出零錢準備投幣。我面露相同的表情完成這張插圖。

創作這種東西真的很不可思議，畫作累積愈來愈多時，連自己都不知道的嗜好也會跟著浮現出來。

看過自己畫的每張圖，就會發現所有角色在設定上都有弟弟或是妹妹。換句話說，都是姊姊。

看來我應該是對於自己在現實中不存在的「姊姊」抱持憧憬。而且這些姊姊角色大多都是身處狼狽或困惑的情境之中。這也能讓我窺見自己的癖好。

相反的，我完全沒有想要畫妹妹角色的意思。創作在某方面來說，性衝動是不可或缺的。正因為現實生活當中有妹妹，才會「萌」不起來。同時甚至覺得不能抱持著性衝動畫下妹妹角色。

＊久留里覺得不太對勁

我最近有個小小的煩惱，那就是哥哥的態度變得莫名生疏。

一開始是拒絕牽手。而且不僅如此。從那天開始，總覺得至今從來沒有表示過的「不願意」開始混入生活之中。像是走在身邊時相隔的距離、接過東西時的小動作、視線延伸的方向、那道視線停留的時間，跟以前相比全都變得有點不一樣。

對象如果換作是同班同學，這樣的距離感或許還算恰當，但絕對不是在面對多年來感情融洽的妹妹該有的態度。感覺就是如此生疏。

他為什麼會突然變成這樣呢？為什麼要疏遠我呢？完全不記得自己有做錯什麼。

會不會是小光的內心層面產生了變化？雖然想了很多，也經過一番仔細觀察，還是沒有太大的發現。

小光的言行從旁人看來並沒有出現多大的改變。就整體來說，確實是一如往常。他既沒有無視我，也會擔心我，還會照顧我。然而態度確實變得生疏，彼此之間的距離也比拉得比以前還要遠。

小光的內心已發生某種變化。而且往後說不定還會有更大的變化。這在我心中產生莫名的焦躁感。

我常被人說是兄控，但自己並不這麼認為，因為我也同樣喜歡自己的妹妹跟爸媽。深信這種強烈的情感是針對所有家人，所以可以稱為「超級家人控」。

然而遭到小光的拒絕，讓我像是要與之對抗一般，產生了非比尋常的執著。

看在他人眼中是怎麼想的、就常識來說是怎麼樣，這種事情怎樣都無所謂吧。

想牽手的時候就牽手，想緊緊抱住的時候就緊緊抱住。換作他人就無法原諒，可以沒道理也沒有特別約定就能盡情撒嬌，同時也是相當重要的存在。我覺得這就是家人。我並沒有被小光討厭，但是因為常識之類的理由遭到拒絕這點，讓我無法忍受。

即使如此，小光最近好像很難理解我的想法，一有機會就只會滿嘴「常識、常識」，態度也變得愈來愈生疏。

產生了小光好像要逃去遠方一樣的危機意識，讓我最近也漸漸失控了。

「小光！我們一起回家吧！」

「小光！你要去哪裡？我也要一起去！」

這是怎樣的心情啊？是那種察覺男友變心，還強烈地產生對方差不多要提分手的預感，即使如此依然想盡辦法維繫這段感情並糾纏不放的感覺嗎？我沒交過男朋友就是了。

「小光！你要去廁所？我也一起……」

眼前的門「砰」的一聲關上。

這種時候，不知為何讓我產生了像被拋棄一樣的悲傷心情。情緒完全起伏不定。

「小、小光……」

我在自家的廁所前面蹲下來，不禁感到一陣鼻酸。

唰——咕嚕咕嚕。聽到流水聲後，小光也出來了。然後見到我在一旁快哭出來的樣子，不禁嚇得臉色一變。

「久留里，妳怎麼了？發生了什麼事？」

「都、都是小光……」

「嗯。」

「跑去……廁所了啊～」

接著就嚎啕大哭起來，小光理所當然露出一臉困惑不已的表情。

看小光嘆著氣開始拿肥皀仔細地洗手，我便緊緊環抱上去。

小光依然面向前方，悄聲說道：

「久留里……不要動不動就抱上來。」

啊，又來了。

這就是以前不曾有的拒絕。使我感到焦急不已。

小光並不是討厭我。這點我很明白。

他的那種態度，是成長的過程中會出現的那個。說不定就像是「都已經這麼大了，就要會自己換衣服喔」、「已經可以自己剪指甲了吧」、「橘子皮自己剝」這類的東西。

「不要！我想緊緊抱住的時候就要緊緊抱住！」

「嗯。我就知道妳不會聽。」

總覺得他對我的感情也是像那樣的某種東西。

世上好像有種狀況叫「行為退化」。

這是指當一個幼兒期的小孩，面對有年紀比自己小的孩子出生時會對父母做出的行動，希望能將注意力放在自己身上，從而做出讓人傷腦筋或過度撒嬌的現象。我覺得自己的這份感情也跟這種狀況很相似。這當然只是舉例，而且我自己也做得到，但現在既想要小光幫我剝橘子，也希望他能幫我剪指甲。可以幫我刷牙，餵我吃飯。這樣的念頭充斥著內心。

他對我愈是生疏，在我心中想要撒嬌的欲望跟要求也會變得愈大。

即使如此，小光的態度也不是把我拒於千里之外，有些瞬間我也會覺得或許是自己想太多了。

因此到了最近，我愈來愈搞不懂究竟是自己撒嬌過頭，還是小光的拒絕變得太強烈。

那天，久違地陪久留里一起去參加她女神的演唱會。

她還是國中生的時候，我或者爸媽一定會陪同參加。到了最近她有時會自己一個人去，有時也會像上次一樣，跟因為喜歡同一個團員而變成朋友的女性一同前往，但今天要去的地方比較遠一點，因此是由我陪同。

「真是太棒了……歌單全都還在腦內播放……得再去叔叔那邊幫忙賺錢了……」

久留里為了這天而到務農的親戚家幫忙，儲備資金。一想到她忙得渾身泥濘賺人熱淚的努力就讓人想替她加油。

我們走出會場時，發現外頭下起傾盆大雨。

等了一下這場天氣預報中沒有提及的降雨，然而還要顧及電車的時間，結果只能淋雨前往車站。沒想到好不容易到了才發現電車因為車輛故障而停駛。看著電車遲遲沒有要恢復營運的跡象讓人湧上一股焦躁，於是我跟久留里就在車站內的便利商店買了傘離開車站。

只要到前面三站就有行駛的電車，於是決定朝著那個車站走去，末班車卻在我們抵達之前就開走了。

「沒辦法了……雖然還很遠，就請爸爸或媽媽來接我們吧。」

「咦？爸爸今天值晚班喔。」

「那找媽媽……」

「她不是在趕截稿嗎？找她過來說不定會害她來不及交稿喔。」

搭計程車回家加上夜間加成恐怕隨便就會破萬圓，但也沒轍了。當我這麼想的時候，久留里發出沒出息的哀號。

「小光，我累了。想洗澡也想睡覺。馬上就想睡覺……」

久留里四處張望了一下，然後伸手指向附近一棟建築物。

「啊……就住那裡吧！」

「那裡嗎？」

「嗯！比起全身濕答答地搭計程車回家，還不如好好在床上睡一覺比較好！」

久留里手指的前方坐鎮著一棟像是西式城堡一樣的建築物。

「……那是賓館耶！」

「我知道啊。反正我們是兄妹，沒差吧。」

「那不是兄妹一起去的地方吧！」

「我才要問不然除了小光，我要跟誰去呢？當妹妹想住看看賓館時，也只能跟哥哥一起進去了吧？」

絕對沒有什麼「只能這樣做」，但我也能明白她想說的意思。對她來說，我確實是在單純感興趣想進去看看的時候，與其說是安全，應該說絕對不會發生什麼差錯的對象。

「再說了，家人一起去住旅館或飯店之類的也很正常，而且平常本來就是睡在同一個屋簷下，覺得介意才比較奇怪吧。」

「妳這樣……說起來……」

她說得或許沒錯。正因為是兄妹，就算在賓館過夜也不至於發生什麼狀況。以常識來說確實如此。我說不定是因為知道我們之間沒有血緣關係才會反應過度。這麼一想，反而覺得拒絕她還比較難為情。

「而且我沒去過，有點想去看看嘛！」

「那也不是多有趣的地方吧……」

「小光，難道你有去過嗎？」

「怎麼可能啊！更何況未滿十八歲以及學生禁止進入那種場所……要外宿還是找間像是商務旅館的地方……」

正當我滔滔不絕地說著時，久留里就打起了噴嚏。

「小光～濕掉的衣服害得體溫跟著下降，好冷喔……好像快感冒了……」

如此說道的久留里又連續打了兩次噴嚏。

「那間，就選那個房間吧！好可愛！」

當我因為違反規定而感到心痛時，久留里卻對賓館的設備感到雀躍不已。

按下久留里在看板前選定的房間按鈕之後，鑰匙便滾了出來。

久留里發出輕聲的歡呼，我則是一臉苦澀地拿起鑰匙。

正當我們想搭電梯的時候，剛好看到有一對男女先走進去。

我伸手抓住想要跟著搭進電梯的久留里肩膀阻止她。

「嗯？小光，怎麼了？」

「在賓館裡不會跟別人一起搭電梯。跟其他客人錯開是一種禮貌。」

「咦，是喔？你怎麼會知道這種事？」

「我剛才用手機查的。只要到一個地方，就必須遵守那個場所的規定及禮儀。」

「哦～無謂認真的一面耶……啊。」

就在電梯門要關上的前一刻，剛好看見在裡面的那對男女熱情地擁吻起來。

「小光……那兩個人……接下來是要做些色色的事嗎……」

「畢竟這裡本來就是那種地方啊……」

不難想像無論是哪個房間，應該都是在做類似的事情吧。

大概是做了一些不正經的想像，只見久留里的臉頰微微變紅。

不知道是不是因為來到這種地方的影響，最近好不容易會稍微忘掉的那個事實，這時又回想起來了。

我跟妹妹之間，沒有血緣關係。

由這個事實衍生而出的那種難以言喻的生疏感頓時湧上。這正是我現在最不希望感受到的情緒。總覺得心頭騷動不已。

一進到房間，久留里就感覺很稀奇地開始到處探索。

「天啊～小光，你快來看！是性感內衣褲的自動販賣機耶！買來當紀念吧。」

「不准買！太浪費錢了！」

「哇啊！小光！是保險套！這是免費的嗎？可以打開來看看嗎？」

「妳別鬧了，快去洗澡。不然會感冒喔。」

「好啦。」

吵個不停的久留里一旦離開，我不禁揉起眉頭，大概嘆氣嘆了十次左右。

跟媽媽聯絡一聲之後又做了伏地挺身，當我的心情稍微平靜下來之後，久留里已經從浴室出來了。

由於原本穿的衣服都濕透，只見她身上包著浴袍。從沒見過的這副身影，就在我覺得她看起來比平常還更加成熟的瞬間，頓時陷入混亂之中。

這是誰啊？

我的妹妹。

花了兩秒在腦中確認這個事實之後，我就逃也似的衝進浴室淋浴。

回來的時候，只見久留里躺在床上。

總覺得要坐上同一張床讓人有所顧忌，我便在放置於房間一隅，而且遠離床鋪之處的一張配色鮮豔，形狀又很莫名其妙的椅子上坐下。不知為何一旁還有鎖鏈和手銬，有種不太舒服的感覺。

「小光，你是不是感覺很生硬啊？」

「跟、跟妹妹一起怎麼可能變硬啊！」

「咦？你在說什麼啊？不用因為賓館就這麼緊張啊。有我跟你在一起耶。」

「…………」

「我也是啊，只要是跟小光一起，就算要到陌生的地方也完全不怕喔！」

看到久留里露出滿臉笑容的表情，我一口氣回到家長模式了。

久留里完全不介意。不過她率直地對我說，會不會因為回不了家而感到不安，端看我是否陪在她身旁。或許是我面對這樣突如其來的發展而感到太過慌張。就是說啊。無論有沒有血緣關係，她都是我深愛，而且也應當保護的妹妹。

「小光，你看你看！這是什麼啊？」

久留里拿起一個放在枕頭旁邊，外形像是大型麥克風的東西，開始唱起剛才在演唱會上聽到的歌曲。雖然完全走音，但這樣反而顯得可愛。

「那個……看它有接電線，會不會是按摩用的機器啊？」

「咦？是因為運動過後身體會僵硬，所以才把這種東西放在旁邊嗎～那我來幫你按摩看看。小光，在那邊躺好。」

「不，不用了。」

「躺好啦，快躺好～」

久留里拉著我的身體趴在床上，接著就爬到我的背上。

床舖發出微微的吱嘎聲響。久留里好像是開啟了電源，背部傳來一道機械震動的刺激。我的肩膀跟背部都沒有特別僵硬，因此只是毫無意義地受到刺激。

我……到底是在這種地方做什麼啊……就在我儘管這麼想，還是想隨她做到心滿意足的時候——

「小光，交換。」

「唔！」

「用在我身上看看吧……？」

「這個嗎……？」

用在哪裡……？

「這是按摩用的機器吧？」

沒錯。沒必要為了拿著按摩的機器抵在她肩膀跟背上而覺得抗拒……但這是為什麼呢？畢竟是放在這種地方的東西，讓我微微湧起倫理上的反感。

趴在床上的久留里只把頭轉過來擺動著雙腳催促道：「快點啦。」

於是我雙腳跨在久留里的屁股上方屈膝跪著，並啟動手中的電源。

頓時響起「嗡～」的震動聲。

將前端圓頭的部分抵著上背部之後，久留里就因為隨之而來的刺激而抖了一下。

「哈……嗯！」

久留里發出帶著呼氣的聲音。與此同時，一股難以言喻的罪惡感也朝我襲來。

不，我沒做任何奇怪的舉動……應該吧。

「那、那邊……」

「這邊嗎？」

「啊！⋯⋯再更⋯⋯溫柔一點。」

「抱歉。」

我到底在這種地方對妹妹做什麼啊？這股困惑再次油然而生。

「啊！嗯嗯⋯⋯！」

「這裡舒服嗎？」

「嗯！⋯⋯小光⋯⋯好舒服⋯⋯」

混亂到突破極限的我，立刻將插頭拔離插座，並使勁地摔開按摩器。

「哇——！小光，你怎麼了？」

「抱歉⋯⋯不小心手滑了。」

幸好被我丟開的按摩器剛好掉在地上的枕頭裡，不造成破壞公物。

久留里說著「嚇死我了～」就隨手打開電視。

螢幕上出現不認識的女演員跟一位壯年男演員。兩人坐在像是客廳的地方交談。

女演員長得還滿漂亮的，然而演技就像照本宣科一樣非常糟糕。

最近很少看電視，沒想到還出了這種新人啊⋯⋯

我一邊這麼想一邊看著，那個大叔突然就脫掉自己的褲子跟內褲。

「唔喔！這是什麼鬼東西啊！」

大叔開始把打了馬賽克的那話兒貼到女演員的臉頰上。結果她就含住了馬賽克。這到底是怎樣的節目啊……！搞不懂究竟發生什麼事，茫然地張嘴看了一陣子，這時大叔拿出跟我們剛才用的那種按摩器一樣的東西，拿去抵在女演員的雙腿之間。

這時我才總算明白現在看的這是A片，而且剛才那個按摩器也不是用來按摩的東西。其實冷靜想想馬上就能明白，但我一直以為這是無線電視的節目就一直看下去，感覺就像以為是可樂結果喝下去發現是麥茶時的那種震撼，讓我的腦袋頓時當機。

一看向久留里，只見她說著：「噗哈哈！剛才那個按摩的機器原來是這樣用的啊……」之類的話，甚至笑到嗆咳起來。

「我沒看過A片所以不太清楚，小光知道嗎？」

「我怎麼可能知道禁止未滿十八歲的人接觸的東西啊……」

也是有即使沒有年紀限制依然足夠情色的東西。完全不會感到傷腦筋。

「比起這個，久留里，妳……早就知道這是A片了吧……」

「欸嘿嘿……因為賓館也會在一般漫畫跟動畫裡面出現，就算沒有實際來過，多少還是知道一些。沒想到打開電視真的就是A片啊～」

久留里操作遙控器切換頻道。這時螢幕上呈現大面積的馬賽克與裸體。又是A片。這台設計得這麼猥褻的電視是怎樣。

『啊啊嗯！哥哥！好棒，要高潮了！』

「…………」

光是A片就已經尷尬過頭，沒想到還是最糟類型的A片。

與妹妹一起看兄妹近親相姦主題的A片也太有毛病了。根本可以說是某種刑罰吧。而且好奇心旺盛的妹妹還抱著枕頭緊緊盯著螢幕看。

她的臉頰微微泛紅，朝著輕輕握起並抵在嘴邊的拳頭呼出的氣息有些紊亂，喉頭還嚥下一口唾沫。該怎麼說呢……拜託饒了我吧……

「…………久留里，給我立刻關掉。」

「等一下，這個……這個名字跟台詞……」

「快點關掉……」

「這個！我就知道……！這是改編自媽媽漫畫的A片耶！嚇我一跳！」

「世上竟然有這種東西我才嚇一跳好嗎！」

「天啊～！竟然有這種事？也太奇蹟了吧？一起看吧！」

「一點也不需要這種汙穢的奇蹟。不看不看。給我關掉。」

不知道她把我的制止聽到哪裡去了，久留里依然死命盯著螢幕。

「但是這個男角也太不像了吧。是不是沒有幾個男演員呢……」

「這種東西不要認真看到想針對內容找碴好嗎……」

無意間，畫面中的女演員語調呆板地說：

『如果……我跟哥哥沒有血緣關係就好了……』

突如其來的關鍵字害我的心跳漏了一拍。

『這樣我們就能結婚了。』

『日本神話中，伊邪那岐跟伊邪那美就是兄妹結婚，所以神明不會禁止我們相愛……』

男演員語調呆板地唸出歪理台詞讓我頓時感到火大。

到底是誰想出這種無聊台詞的啊……！

就算心中燃著無從發洩的熊熊怒火，再怎麼想犯人恐怕都是自己的母親。

我拿走久留里手上的遙控器，這下子總算成功把電視關掉了。

「……趕快睡吧。」

「床這麼大，一起睡還綽綽有餘呢！」

一般兄妹會來賓館睡在同一張床上嗎……

腦中閃過這樣的念頭，但這個狀況本身就不正常，而且睡在地板或沙發上，莫名跟她保持距離感覺才更奇怪。我為了證明自身的潔白，默默地拉起棉被縮到邊邊躺下。

我是不是不太正常啊……

至今無論是與她牽手、被她緊緊抱住，還是舔掉沾在臉上的冰淇淋，我從來都不覺得哪裡不對勁……現在只不過是睡在這麼寬敞床上的邊緣……

但仔細想想，果然還是至今沒有任何感覺的狀況比較異常。頭都開始痛起來的我決定不再多想，投身夢鄉。

＊久留里與哥哥

睡不著。

小光是個標準的晨型人，不但早睡，也很早起。

我本來是個夜貓子，也最喜歡熬夜。而且今天參加演唱會看得很開心，在那之後也玩得很快樂，一直處在興奮狀態下遲遲睡不著。

在一片昏暗之中，我一直默默注視著躺在一旁的小光的睡臉。

我們完全不像。

小時候就常聽人說，我跟家裡的任何一個人都長得不像。

小光明顯就跟媽媽很像。四葉總覺得跟爸媽都滿像的。就只有我一點都不像家裡的任何一個人。只有一張轉瞬間的表情被說跟爸爸有點像的照片，我至今都還相當珍惜地保存，但從來沒被人明確地說過「真的像」。

國小時曾被一個不識相的人說過，該不會只有我是家裡沒有血緣關係的養女，於是哭著跑去找媽媽偷偷問過這件事情。她當時一笑置之，安慰我說是神似爸爸那邊的曾祖父。

即使如此，在那之後還是一再被很多人不帶惡意地說跟家人不像。

從那時開始，我對家人就抱持一種莫名的疏遠感。無論跟大家感情再好，都會心生只有自己是個外人一樣的寂寞。也因為這樣，我想身為自己最喜歡的家族一分子的心情比別人還要更加強烈。

爸爸跟媽媽當然都很溫柔，也給予我滿滿的愛情，但從小開始在我身為孩子的心中，總是覺得他們身為夫妻，身為一個大人，有著只屬於兩人之間的關係。四葉既可愛，也是我最喜歡的妹妹，不過年紀差距太大的關係，她對我來說是應該保護的存在。

所以對我來說，從小到大會不禁特別仰賴的對象就是小光。

每當感到寂寞或是鬧彆扭的時候，就會做些讓小光傷腦筋的事情，藉此吸引他的注意。然後小光就會容許我的任性，這總是讓我切身體認到自己是這個家的一分子。

像今天小光為了我一起住進賓館也讓我感到很開心。

他是擔心我感冒才這麼做。

個性認真死板的小光，只有在為了家人時，會不惜做出違背法律或倫理道德的事情。跟小光一起進到賓館的女生，無疑只有身為妹妹的我而已吧。

如果我的哥哥不是小光，而是其他個性冷漠的人，我在家裡應該會感到更加孤獨。自己就是這麼強烈依賴著小光。

我貼到睡著的小光身邊。

對我來說，小光不是異性，是哥哥。所以沒有在其他異性身上會感受到的那種異樣感。也不會對他抱持警戒。但我貼著的這副身體很結實，終究還是跟女生不一樣。雖然不同於同性，也跟異性有點不同。這種感覺讓我有點雀躍，也感到十分安心。

回想起剛才看的Ａ片。

『如果……我跟哥哥沒有血緣關係就好了……』

我從來不會這麼想。對於自己跟小光有血緣關係感到自豪，這是自從出生的那個瞬間就能成為最貼近他的家人才有的特權。無論砸下多少錢都得不到，放眼世界也只容許四葉跟我存在的特別歸宿。

妹妹最強了，這世上沒有比這更強烈的關係。我是這麼想的。

選舉順利結束之後，我也成為學生會長了。

照理來說應該都只是做個形式的學生會選舉，在久留里的努力下，意料之外地成了一大盛事。也多虧如此，選舉結束之後就連不認識的學生看到我都會出聲喊著：「會長、會長。」班上同學對我的稱呼，也都從「入鹿同學」變成「會長」。總覺得以太過客氣的態度來說還是沒什麼變。

另一方面，替我做宣傳之後，久留里也成為大名人，大家都很親近地直呼她的名字。我們之間應該就差在個性跟臉吧。

何況久留里還在前幾天的期中考得到全年級第一的成績。

她自己只是傻愣愣地開心說著：「好耶～」但周遭的人包含我在內都驚訝不已。

「因為小光要我總之認真上課啊。」

「嗯，我有說過。」

「所以我就認真上課了喔～！很厲害吧！」

「很厲害。」

她立刻就把頭伸過來。這次確實表現得很厲害，於是我摸了摸她的頭。

「再摸五十次。」

「結束了。」

「也太快了吧？再一下！」

「好，不然再二十次如何？」

「嗯——真拿你沒辦法耶。就這樣達成協議吧。」

陪她準備高中大考時我就這樣想了，久留里的理解能力異常優秀。由於直到國二都沒有在認真上課，因此一開始的學力相當低落，但到了國三一整年下來可說是突飛猛進。

眉清目秀。言行吊兒郎當，而且還頂著一頭金髮，成績卻是全年級第一。

這讓久留里在校內又變得更加出名。

＊　　＊

到了午休時間，走進學生餐廳時，久留里已經先在裡面，她一發現我就跑了過來。

「咦，小光！好巧喔。」

「說什麼好巧……我們今天都沒有便當啊。」

會在學生餐廳碰面可說是必然。

「也有可能會去便利商店買麵包啊。該說這是命運嗎，可真是Destiny！一起吃吧！」

「呃……但是……」

我看向坐在久留里身旁的女學生。

「啊，這位是跟我很要好的同班同學，七尾美波。美波，我哥可以一起吃嗎？」

「咦，當然好啊……久留里，你哥哥也很帥氣呢！」

「對吧對吧。」

「嗯！你們兄妹好厲害喔！」

她紅著一張臉嚷嚷之後，對著我深深低頭致意。

「我、我叫七尾美波！是久留里的朋友。」

七尾美波戴著一副有點大的眼鏡，並垂著兩條長長的麻花辮。不同於久留里平常結交的那種辣妹類型的女生，明顯是個文組類型，感覺就像文學少女那樣。

與久留里搭在一起乍看之下雖然令人感到意外，其實一點也不奇怪。久留里本來就是個極為我行我素的人，完全不會介意女生之間不同個性的人會組成的那種小團體，端看自己喜不喜歡去選擇朋友。而且她也毫不遮掩自己對人抱持的好感，所以很快就會交到朋友。

但成為久留里朋友的這個女學生總覺得愈看愈有種似曾相識的感覺。無論是那柔和的容貌還是氛圍，我都覺得似乎有在身邊看過。

而且好像也在哪裡聽過這個有點罕見的姓氏。

「嗯？七尾……七尾是……」

「啊，哥哥……」

朝著學生餐廳大門那邊看過去的七尾美波如此呢喃。往那邊看去，班上座位在我前面的同學七尾優樹張著嘴巴站在原地。

七尾的一頭長髮在身後綁成一束，而且也戴著有點大的眼鏡。在同一個空間裡看到他們的瞬間，就能感覺得出兩人是兄妹。

七尾推了一下滑下來的眼鏡，有些顧慮地走過來。

「美波，妳在這裡跟鼎鼎大名的入鹿兄妹做什麼？」

相對於七尾語帶驚訝及一點膽怯的聲音，妹妹美波倒是滿不在乎地說：

「我跟久留里是朋友喔。」

「是、是喔……」

七尾有點驚訝地交互看著久留里跟自己的妹妹。

「對了，哥哥。我想跟久留里一起加入熱舞社耶。」

「哦，妳有跟媽媽說過嗎？」

「不，還沒。七月有一場大賽，在那之前好像都要緊鑼密鼓地練習……」

「……要加入社團應該沒關係，但沒辦法參加那場大賽吧？六月底有例大祭典耶。」

「例大祭典？」

久留里插入七尾兄妹之間的對話。

「因為我們家是神社，一年會有一次祭典。每年到了那個時期都得去幫忙。」

「哦～好好喔。」

七尾這麼回應久留里之後，立刻轉頭看向自己的妹妹。

「我在那段時間也不太能去熱音社……這方面如果可以講好就沒差了吧？」

我知道七尾優樹是熱音社的成員。應該說，一開始就是因為這樣才會知道他的名字。

熱音社在去年校慶的表演上，幾乎所有社員都組成樂團翻唱流行歌曲，當中只有七尾一個人拿著木吉他自彈自唱，而且唱的還是自創的昭和風格歌曲。

其實仔細看就知道七尾的容貌還滿端正的。只要把他那頭毛躁的頭髮剪得俐落一點，再換上隱形眼鏡或有設計感的眼鏡，並表演個大眾流行歌曲，感覺就會大受歡迎。然而現狀就是在各方面都顯得格格不入，只被大家當成有點奇怪的人。

如果一直站在這邊聊天，還沒吃到午餐，午休時間都要結束了。於是順勢變成四個人一起吃午餐。我們拿著天婦羅烏龍麵、漢堡排午間套餐、山藥泥蕎麥麵跟咖哩飯，在各自的位子就坐。

「……會、會長是劍道社對吧？」

七尾對我似乎有莫名的顧慮，講起話來感覺畏畏縮縮的。大概是覺得無視我感覺也很差勁，他還是鼓起勇氣對我拋出話題。

「不是，我……」

「小光只是自從國小就開始到我們家附近的道場練習而已，並不是劍道社喔！不過劍道社的社長一直糾纏不休地邀他入社，所以才會只在有比賽的時候作為副隊長出賽。」

久留里不知為何打斷我說的話，一副自豪地如此回答。

「真厲害啊。」

「去年擔任隊長的社長跟小光雖然贏了，最後還是二比三輸掉比賽了～劍道社現在除了社長以外基本上都是初學者，所以整體實力很弱。」

「難怪對方會希望你入社呢……」

這時我不經意跟吃著咖哩的七尾對上視線，他連忙開口：

「會長午餐吃烏龍麵啊？果然就是與眾不同……」

「哥哥，你在說什麼啊……也太緊張了吧。」

聽到美波傻眼的發言，久留里便咯咯笑了起來。

「久留里真的很愛笑呢。」

「才沒有這回事喔～啊哈哈哈。」

「不，是真的很愛笑。」

聽到我這麼說，七尾兄妹也跟著沉默地點了點頭。他們的動作完全一致。

七尾兄妹只要湊在一起，就會散發怎麼看都是一家人的氣氛。就算沒有開口說話，還是有某種讓人覺得他們就是兄妹的東西。然而完全沒有一直黏在一起的感覺。

沒錯。兄妹不就是這種感覺嗎？到了高中生更是如此。

一年級的兩個人先回教室之後，七尾悄聲地說：

「我、我們……也回去吧？」

如此說道的七尾推了一下眼鏡。他還是一樣不知為何講話這麼客氣。

當我起身邁步之後，他就微微低著頭而且顧慮地走在我半步之後。

感覺就像看守帶著犯人，或是帶著順從的狗散步一樣。

他在跟我相處時，果然還是相當畏縮。

＊　＊

忘記是什麼時候得知一般的兄妹感情不會好到這種地步。

而且隨著年紀增長，關係好像還會有漸漸變得疏遠的傾向。我茫然地理解到世間這樣的常識，但與此同時卻從來沒有基於此反觀自己的家庭。反正感情好也不是壞事。我只是抱持著這樣的心情。

然而最近只要看到兄妹就會不禁端詳起來。

在電視節目上看到兄妹檔藝人同台時，就會浮現「真的長得好像」之類的想法，澈底觀察他們感情是否融洽，還有兩人間的關係及距離感等等。

這恐怕就跟髮量開始有點稀薄的人，會一直觀察路人與電視節目中出現的人們的髮量，並忍不住在內心做出「禿頭、茂密、禿頭、毛茸茸」等分類的現象很像。這或許是要透過增加情報量以引導出一個平均值，並想辦法讓自己能算進普通的類別之中。

前幾天發現七尾兄妹就算在校內碰面，頂多也只是對上眼之後講兩句話而已。

妹妹當然不會一逮到機會就緊緊抱住哥哥。即使偶爾會交談一下，兩人間的距離也沒有靠得太近。怎麼樣都不至於被人說成是在放閃。然而，他們之間確實有著身為一家人的感覺。總覺得他們這樣的兄妹關係，跟我理想中想要矯正的適當距離相當吻合。說得極端一點，甚至感到羨慕。

七尾在下課時間拿起手機抵在嘴邊，偷偷摸摸地講著電話。

「怎樣啦？在校內禁止講電話耶……咦？喔喔……有耶，在我這邊，是這個嗎？」

如此說道的七尾看了一下書包，在掛掉電話之後嘆了一口氣。

「怎麼了嗎？」

「啊，好像是家裡的人把妹妹要交的資料塞進我的書包裡，她要我拿過去。」

「與其打電話給你，她自己來拿不是比較快嗎？」

「她說不想來二年級的樓層，所以要我拿過去……」

「喔喔……」

原來如此。總覺得老是看到久留里，害我差點忘了這才是新生通常會有的感覺。

七尾重重地嘆了一口氣時，門口那邊有人對他喊道：

「七尾～吉岡老師在找你耶～他叫你到教職員室。你翹掉委員會議了吧？」

七尾不禁發出短促哀號。幾秒內，他交互看著資料跟前來叫他的同學思索起來。

「不然我幫你拿資料過去吧。」

「咦，什麼！會長要跑一趟嗎？怎怎怎麼……！這樣太麻煩你了。」

「反正我也知道你妹妹是誰，只要把這張紙拿過去就好了吧。」

即使如此，七尾還是一臉傷腦筋的樣子，但這時同學又補上一句：「七尾～我勸你還是趕快過去喔。」他這才說聲：「那、那就麻煩你了！真的非常抱歉！」並低頭致意，朝著教職員室跑了過去。

既然七尾的妹妹跟久留里同班，那就是一年二班。就在樓上而已。我拿起七尾桌上的資料走出教室。

來到一年二班前面時，七尾美波剛好站在門口附近。

「啊，會長！久留里，會長來嘍……呃，人去哪了！」

看來平常就很有行動力地到處跑的久留里剛好不在教室。

「不，我是來找妳的。」

「咦，找我嗎？」

美波嚇了一跳並遮起嘴邊，臉還紅了起來。

仔細一看，她果然跟哥哥七尾長得很像。像是髮量偏多的髮質、白皙的肌膚、頭部大小，還有眼角微微下垂的雙眼，無疑都是同樣的爸媽所生。

「剛才七尾被叫去教職員室，所以我幫他拿這個過來了。」

「咦，竟然……謝謝會長。真是幫了大忙！」

「不好意思，嚇到妳了。」

「不會，我是會長的粉絲，所以覺得很開心！而且要是哥哥過來，等一下我很有可能又會被同學戲弄……」

「被戲弄？」

「因為我們長得很像。對其他人來說如果先認識其中一個，就會覺得另一個看起來像是女裝版或男裝版一樣……所以都會被拿來開玩笑。」

如此說道的美波也露出真心感到很厭惡的表情。

長得很相像所以覺得厭惡。這對我來說是一心嚮往的感覺。因為我們一點都不像。

每當在學校被人用「放閃」來形容我們的兄妹關係，就會再次讓我體認到我們不相像的事實。儘管理智告訴自己這一點都不重要，但說不定我其實很希望自己跟久留里是親兄妹。

「所以我雖然也不是討厭哥哥，但其實不太想在學校跟他站在一起。」

不過，總覺得也可以理解這對兄妹的心境。

「哦……那你們在家經常聊天嗎？」

「沒有很頻繁。也不至於無視對方啦。」

「不會一起看影片，或是到對方房間聊天之類的嗎？」

美波露出驚訝的表情，一邊揮手一邊答道：

「才不會呢。而且差不多是從國中的時候開始，哥哥吃完晚餐之後幾乎都窩在自己房間彈吉他……我也是回房間看漫畫之類的，基本上都是分開行動。」

「……是喔。」

「說穿了，我跟哥哥的興趣就是不合啊。」

七尾兄妹。他們的關係比想像中還要疏遠。我迷惘地想著這就是一般的距離感嗎？

「假日有時候會連一句話都沒說喔。」

「這樣關係不會太疏遠嗎……？」

放假時完全不會交談。這……真的是常態嗎？

「嗯——畢竟不是同性，無論兄妹還是姊弟關係，長大之後各自的興趣也會不一樣，應該自然而然就會保持距離吧……」

「這倒是……說不定很多家庭都是這樣呢。」

或許不只是兄妹，人在變得成熟的同時，也會漸漸跟其他人拉開一段距離。實際上與小時候相比，現在我跟爸媽之間也肯定是自然而然隔了一點距離。

「每個家庭應該多少都是吧？」

話說至此，美波的臉就亮了起來。

「啊！但久留里跟會長的感情特別好吧！而且長得也不像，看起來還跟一對情侶一樣，總覺得……這種氣氛很棒呢！」

美波不知為何露出一臉陶醉的樣子。這又讓我受到一次打擊。

「這、這樣啊……」

果然是我們家比較不對勁。心中確實產生了這樣的想法。不過「普通」也有個範疇。想必也有很多感情融洽的兄妹才是。所以我們家也能算是普通……不不不，少自欺欺人了。我想建立起正常的兄妹關係吧。與久留里的距離無疑是太近了。

想著想著，愈來愈搞不懂怎樣才叫普通，怎樣才叫異常，又是到哪裡才能算在可以容許的範圍之中。

回到教室之後，先回來的七尾立刻朝我走來。

「會長！我妹妹說她有順利把資料交出去了！真的很感謝你！」

「不，這沒什麼……她是個好妹妹呢。」

「哪有～總覺得長大之後就更難跟她相處了……如果是跟哥哥或弟弟，相處起來可能比較輕鬆吧。」

「是嗎？」

「之前我用了妹妹的洗髮精還被她罵耶……早上也都會占用洗臉台很久的時間……還滿麻煩的喔。會長跟妹妹之間不會有這種摩擦嗎？」

「不……應該說不會因為這種事情產生摩擦。雖然我也覺得假如有姊姊、哥哥或弟弟確實很不錯，但兄妹也很好……」

如此說道的我回想起一件事情。

「七尾，那個……我國小的時候，曾經在山路上撿木枝回來削成武士刀的樣子……」

「真是個老成的小學生耶……」

「嗯。以前我的興趣頂多也只有這樣而已。」

有時在放學之後，既不用去道場練習，也不用幫家裡做事，而且四葉也還在托兒所，會待到比國小放學還要晚的時間。換作現在，像這樣的時間我就會用來畫圖，但當時沒有這樣的興趣，也沒有朋友的我就騎著腳踏車到山腳下蒐集各式各樣不同的樹枝，做出小把木刀自己一個人玩。尖端削平當作劍刃。中間劍脊的地方用雕刻刀刻出線條，並在手持的劍柄部分加上圖樣。最後再塗上亮光漆就完成了。

現在想想是相當拙劣的成品，然而當時玩得十分沉迷。

換成不同樹枝，硬度與色澤也會跟著改變。如果是脆弱的樹枝中途就會斷掉，因此蒐集的過程中也漸漸著重於重量，有時光是撿到粗壯的樹枝就會感到心滿意足。

「一開始這也只是我自已一個人出去玩完就回家的興趣，但某天被久留里發現了。」

「喔喔……她有對你說什麼嗎？」

「沒有……後來就跟著我一起去。」

久留里後來就會拒絕跟朋友玩的計畫，跟著我一起騎腳踏車到山腳邊。

我自己一個人也玩得很開心，但自從久留里加入之後就熱鬧了起來，樂趣也跟著倍增。

我們有時候玩野外生存遊戲，或是因為找到樹果跟奇怪的蟲子而嬉鬧起來，在久留里的要求下也會替她製作木刀。經常在回家途中去零食店，也成了一段美好的回憶。我們就這樣一直玩到因為蒐集了太多樹枝，最後堆得像垃圾山一樣，而被爸媽斥責不要做這種危險的東西為止。

「你仔細想想。說是去玩，但也只是騎腳踏車去山腳邊撿樹枝就回家而已……先不論有同性朋友一起玩的前提……會高高興興地陪著玩這種東西的女生……也只有妹妹吧？」

「呃，這樣講是沒錯，不過基本上我妹一開始就不會陪我去啊……」

「是嗎？」

「對啊。我妹從小就是喜歡窩在家的類型，絕對不會陪我去。甚至可以想像美波看到衣服弄得髒兮兮的我回到家，為之皺眉的樣子。」

「原來如此，也是要看個性啊……」

「對啊。會長是因為妹妹喜歡你，感情才會這麼融洽，這大概跟血緣無關吧。」

話說至此，對話也告一個段落，七尾便在我前面，也就是他自己的座位上就坐。

確實無論有沒有血緣關係，我們的個性或許滿合得來的。

當我想了這件事好一陣子，七尾又轉過頭來問：

「那個～冒昧請問一下……會長對音樂有興趣嗎？」

「咦？我……不是很懂音樂。頂多是聽一些流行歌曲。」

「你會聽嗎？」

「我在跑步的時候會戴耳機聽……但大多是聽串流平台的流行歌曲播放清單，因此歌手的名字跟曲名都記不起來。」

七尾莫名感興趣地緊盯著我的臉看。

「……呃，那個啊……其實會長的名字跟我在聽的一位民謠歌手一樣，所以之前就很在意，不知道你父母親是不是那位歌手的粉絲。」

很久以前問過媽媽自己名字的由來時她說不記得了，現在想想說不定是親生父親取的。

也就是說，現階段無法辨明。

「我不知道由來是什麼。抱歉。」

「這樣啊……不過話說回來……」

「嗯？」

七尾的眼鏡邊緣閃耀一道亮光。

「會長對音樂沒有特別感興趣對吧？既然如此，請務必聽聽看民謠！」

「咦？不，我……」

「不不不，你為什麼要婉拒呢！明明有著這樣的名字！更應該聽啊！這個類型的音樂中多的是好歌啊！從那個時代發表至今還留存著的歌曲，全是不會遭到時代淘汰的名曲！所以老歌才更有一聽的價值！而且每個音樂家也有很多古老的傳說，這更是令人動容……」

七尾開始滔滔不絕地說起音樂業界在大學舉辦的演唱會表演形式，第一次發生改變的時代背景之類。

「如果我能早個六十年出生，肯定會去參加在嬬戀村舉辦的野外民謠音樂祭……偏偏完全生錯了時代……哈哈哈……啊，總之要給你聽什麼好呢，剛開始接觸應該就是要先從巴布狄倫聽起吧！初學者還要聽一下最經典的拓郎……然後再搭配一點變化球……」

七尾的雙眼閃閃發亮地熱情推薦。這讓我回想起在校慶上看到他表演時的那種感覺。竟然有著喜歡到可以這麼熱情談論的事物，真是令人欽羨。應該說，七尾是站在自己的基準決定喜歡的東西，並朝著想前進的道路前進。感受到他這樣的自由及強烈的自我意志，說不定更加讓我羨慕。我知道自己太過著重於世間的常識及正確的概念，想突破的自我太過微弱。

在七尾的強烈推薦下，我手機裡的歌曲也增加了。雖然沒有太大的興趣，但還是心懷感激地聽看看吧。這麼說來，這說不定還是第一次有朋友推薦我東西。

＊久留里與戀愛

忘記是什麼時候得知一般的兄妹感情不會好到這種地步。

當我懵懂地得知這件事時，對於自己兄妹感情特別好而感到自豪。

這天假日，我到七尾美波家玩。

「咦？你們家……不是神社啊。」

「雖然家裡是經營神社……但沒有住在那邊喔。」

美波的房間看起來就是個可愛的女生房間。書櫃上擺放著滿滿的少女漫畫。我只知道少部分的名作，其他幾乎沒有看過。

「好多漫畫喔。」

「這些還是因為放不下而經過嚴選的喔。另外大概還有將近一倍的電子書……幾乎可以說是漫畫中毒了。」

「哦～妳有什麼推薦的嗎？」

當我這麼一問，美波露出有些猶疑的表情。

「有喔！但是啊……」

「嗯？」

「其實我……喜、喜歡看兄妹類型的故事。」

「咦，美波……妳有哥哥吧？」

我這句話讓美波整張臉都皺了起來。

「這完全是兩回事啦！我喜歡的是虛構兄妹的故事，是架空的哥哥！」

「架空……」

「沒錯！我對現實中的哥哥一點興趣也沒有！而且那個人的臉長得幾乎跟我一樣……一天到晚都在說什麼四疊半或神田川之類莫名其妙的話……創作的歌曲曲名還是『追記・我愛你』之類的，根本搞錯時代了吧……簡單來說他不是我的菜！」

「這……這樣啊。那妳推薦的是哪個？」

美波還有點遲疑地忸忸怩怩的樣子，最後總算從壁櫥深處拿出包著書套的漫畫。

「然後那個……這位作者的書呢……都是……限、限制級作品……但圖畫得又美又可愛……凝聚了兄妹類型的各種優點，妳如果不覺得抗拒的話希望可以看看。」

「情色漫畫嗎？我完全不覺得抗拒喔。」

母親的職業就是在做這個的嘛。

我接過來一翻開，沒想到竟然看到熟悉的畫風。

「美波……這是我媽媽畫的……」

「什麼！怎、怎麼會……神竟然是妳的母親大人？我、我快昏倒了！」

「哇～！美波竟然喜歡媽媽的漫畫，好高興喔！下次來我們家玩嘛。會給妳簽名喔。」

「呀啊！去、去神的家嗎？好！我要去。」

我們因為意料之外的巧合而發出歡呼。我雖然對媽媽的工作感到自豪，但也擔心如果跟朋友提起說不定會被瞧不起，因此從來沒有刻意說過。真是開心。

「話說，久留里的母親大人有哥哥或弟弟嗎？」

「沒有喔。她說因為沒有才萌得起來，要是有應該就沒辦法畫了。」

「這樣啊……在那個圈子好像常會分成現實與虛構分別看待的類型，以及無法接受的類型進行議論的樣子。」

「那個圈子是哪個圈子啊……」

「久留里是怎麼想的呢？」

「咦？」

「有哥哥的狀況下，不會很難投入兄妹類型的故事嗎？」

「不會不會。該怎麼說呢……我覺得正因為現實中有哥哥才更萌得起來……不如說現實中的哥哥才是讓我萌到最興奮的類型……吧。」

「咦～天啊久留里這樣也太棒了！是認真的耶！」

美波的雙眼散發閃閃發亮的光輝。即使對自己的哥哥萌不起來，但對別人家的兄妹關係會感到興奮的樣子。

「你們兄妹倆感情很好，應該很常被誤以為是情侶吧。」

「嗯！」

因為我們兄妹可說是長得完全不一樣，因此過了一定年紀之後，受到誤認為情侶的情況壓倒性地增加。

而且每當被誤以為跟小光是情侶時，我都會暗自竊喜。自己跟那麼帥氣的哥哥看起來竟然像是情侶，怎麼可能會不開心。

後來我們換了話題，聊到美波喜歡的漫畫，還有我喜歡的女神之類的。

身邊有許多人對於我跟乍看之下樸素又沉穩的美波這麼要好，感到很意外。

但像這樣聊著聊著，就能感受得出她的舉止與說話方式都帶著很不可思議的可愛。這樣低調的魅力也大大刺激著「只有我知道」這樣的優越感。是我很容易陷進去的類型。

「借一下喔？」

「哇！久留里，什麼？」

我不禁試著拿下美波的眼鏡。

「咿嘻嘻～給我看看、給我看看。」

美波想要衝過來搶回眼鏡，於是我趕緊撲到床上逃開。

「哇～不讓妳看、不讓妳看～！還來啦！我什麼都看不到了！」

「怎麼可能……哇啊，危險！會弄壞眼鏡啦！」

為了搶回眼鏡，美波就像要趴到我身上一樣。

我們一起笑著，儘管我被她揉得亂七八糟，還是高高舉起拿著眼鏡的手，拚命保護著不弄壞。

這時我朝著眼前一看，只見有個眼睛快看不到的美少女就在極近距離的地方。

「……天啊，超可愛的……美波，妳別再戴眼鏡了如何？」

「不用說這種客套話啦，討厭……還我！」

美波立刻戴上了眼鏡。

「我的體質不適合戴隱形眼鏡……而且近視深到不戴眼鏡沒辦法生活的程度……」

「哦……這樣啊……」

就算戴上眼鏡也不差。但不戴眼鏡明顯是個美少女。她未免太不適合戴眼鏡了吧。這個人本身就是拿掉眼鏡會變成不得了的美少女，這般有如少女漫畫的存在。如果我是個有錢人，真想付錢幫她訂製一副。

後來一度離開房間去拿洋芋片跟果汁回來的美波，忸忸怩怩地對我問了她一直都很想知道的事情。

「那個……久留里……妳有男朋友……或是喜歡的人嗎？」

「咦？男朋友喔……我沒什麼興趣耶……也沒有交過喔。」

「咦，是喔？真意外，我想說妳這麼可愛，有五十個前男友可能也不奇怪，才想聽妳聊聊戀愛話題的……」

「一個也沒有耶。啊，但我國二的時候是有想過交個男朋友。」

那時小光正準備考高中，所以生活很無趣。即使如此，我也知道千萬不可以打擾他。而且我有很多朋友，也只好都跟朋友們玩。就只有那時候跟男生約會過一次。

「什麼意思，好在意喔。對方是怎樣的人？約會感覺如何？」

「是怎樣來著啊？臉跟名字我都不太記得了，但是個學長。」

總覺得如果要找對象，年紀大的人比較好。那個人是學校的學長，跟小光同年級，所以當時當然也是準考生，但這方面的事情跟我無關。

「名、名字好歹也要記得吧……所以你們沒有交往過嗎？」

「我們……沒有交往。他向我告白，然後假日就去約會了。」

畢竟國中生又沒什麼錢，因此不是去遊樂園或水族館之類的商業設施。只是到附近的購物中心逛逛而已。

「但總覺得玩得不太開心……見面之後過了半小時左右，我立刻就回去了。」

他是個滿有趣的人，也不討厭。不過還是產生了「這個人不行」的想法。

原因有很多。想牽手的感覺很討厭。對我說「飲料給我喝一口」時的感覺也很討厭。隨隨便便就摸我的頭，更讓人猛烈地感到火大。我一邊回想這些理由一邊說給美波聽。

「久留里，妳討厭被人摸頭喔？」

「嗯——也不是這樣說啦……」

我以為自己應該算是喜歡。我超喜歡被小光摸頭的感覺。

「但總覺得不太對。」

我想，單純只是因為自己不喜歡那個人吧。

不只是那個人，升上國中之後，一群男生女生玩在一起時，都會有人動不動想摸過來。我對於這樣的舉動只感到厭惡不已。

最喜歡像美波這樣可愛的女生，而且要互相摸來摸去也完全不會感到抗拒。

我在潛意識中說不定是討厭男生的個性。只是人與人之間這樣聊天完全沒問題，一旦被投以異性的情感就會產生厭惡感。自從察覺這點之後，再怎麼無聊也只會跟女生玩在一起。

「而且啊，小光他……」

「妳哥哥？啊，會長果然在這方面也很嚴格吧……」

我對著好像有所誤會的美波左右擺了擺手。

「不，不是那樣的，是小光他……超帥氣的對吧？」

「嗯？對啊。」

「總覺得會忍不住去比較。」

「啊，這樣啊……畢竟久留里是認真喜歡哥哥的嘛……」

「對啊。而且男女朋友終究是他人。兄妹才是不可取代的。」

「那像是喜歡的人也沒有嗎？」

「沒有喜歡過別人耶……因為還是小光比較帥氣啊。」

從小就覺得小光太過耀眼，我甚至沒有喜歡過其他人。

「但哥哥終究還是哥哥呢。沒有血緣關係就算了，總不能對親哥哥抱持戀慕之情……」

「那如果你們沒有血緣關係怎麼辦？」

「咦？如果我跟最喜歡的哥哥沒有血緣關係……那麼就要結婚！」

聽美波這樣問，我立刻笑著給出回答。如果我們沒有血緣關係，那就得趕緊結婚，再次與他成為家人才行。

但是，小光還是一樣感覺有點疏遠。

他也是我的哥哥才對啊。分明對待四葉的態度就完全沒變，只對我表現得疏遠。

突然想模仿其他家庭，開始尋找「普通」的平衡點。

這樣一點一點累積起來，有時也會讓我覺得他就像個外人一樣。

第五章　兄妹與祕密

我從小就是感性比較薄弱的類型。

世上有些人會看電影看到哭，與主角一同忿忿不平，觀賞體育賽事時也能感同身受地歡天喜地。但我看電影時從來沒有哭過，而且跟別人說話時，也不太能察覺對方在情感上的微妙變化。

像這樣的個性說好聽點是冷靜，不會因為情緒化而偏袒，凡事都能公平以對，但也時常不識相地傷害到他人。說不定這就是除了親近而且很懂自己的家人以外，難以對其他人敞開心房的原因。

所以一直以來，每當我不知道要怎麼與他人應對的時候，不是以情感為起點，通常都是拿公眾道德跟倫理規範加以對照，並選擇一般來說正確的應對。只是覺得這樣做是對的才會這麼做，並不是憑藉感受做出判斷。所以面對沒有明確解答的事情時，就沒辦法做出靈活的應對。

最近一直在反覆思考關於普通的兄妹關係，但愈想愈覺得久留里這個人在各方面來說都太特別，實在不知道該如何是好。這本來應該是要用感覺去處理，而不是像我這樣想靠大道理解決的問題吧。

即使如此，不知道其他解決辦法的我，結果也只能自己思考，並堆積起一個個大道理。

或許與其他家庭相比，像這樣追求普通其實沒有太大的意義。這世上有多少家庭，就會有多少種形式存在。因此感覺可以改成站在久留里以外的家人，像是久留里跟爸爸、四葉跟我、媽媽跟我之類的組合立場重新審視距離感，並摸索出應該存在的形式。

離開劍道場後，我走在夕陽染紅的歸途上，不斷想著這些事。

回到家正要走進客廳時，久留里就動作俐落地從裡面出來，並把門關上。

「小光，怎麼辦啦？四葉的老師好像要她回家詢問關於媽媽的職業耶。」

聽久留里這麼說，我不禁睜大雙眼。

「這種課題通常都是問爸爸的職業吧？要是媽媽沒有在工作怎麼辦？」

「應該是因為現在很多媽媽都有在工作吧……而且家庭主婦也算是很了不起的工作……班導好像是有著崇高想法的人喔～」

「這樣啊……四葉現在在做什麼？」

「她在吃冰。這是提問清單。」

我看了一眼久留里遞過來的影印紙上的提問清單。

上頭第一個就寫著職業、從事這份工作的原因、開始工作之後有什麼改變、產生成就感的瞬間等等，大概列出了十個左右的問題。我默默地看完之後，抬頭望向久留里。

「有跟媽媽說了嗎？」

「我也才剛聽四葉講而已……媽媽一直待在工作室裡沒有出來，所以還沒跟她說……」

「那我試探性地去問一下。看媽媽怎麼回答，搞不好可以蒙混過去。」

這種東西無論好壞，也不管從事哪種職業，回答起來都容易變成普遍性的內容。如果可以問到就算直接寫下來也沒關係的答覆，那也不必說謊了。

「小光，加油！」

在雙手做出加油打氣姿勢的久留里目送下，我前往媽媽的工作室。

一打開門就見到媽媽坐在電腦桌前。考量到萬一是四葉突然開門，便將桌子配置成座艙型，從房門的地方看去只能見到螢幕的背面。

「怎麼了？要準備晚餐了嗎？」

我走近之後，就看到螢幕上大大呈現一個女生張開雙腿而且全身是汗，還淚眼汪汪地一臉陶醉的圖。媽媽的圖人體骨架很穩，畫得非常好。更重要的是人物表情散發生動的光輝。雖然沒看過作品內容所以不是很清楚，但我相當喜歡媽媽的畫風。

思及此我就重新打起精神，握著拳頭當作麥克風一樣朝媽媽伸了過去。

「請問妳從事這份工作的契機是什麼呢？」

「哦，小光，怎麼啦？玩採訪遊戲嗎？」

媽媽感覺很配合地雙手抱胸並翹起腳，露出一臉自豪的樣子。

「從事這份工作的契機啊……這個嘛……我在國中的時候就察覺到自己的癖好，憑著一股性衝動埋頭猛畫了之後，不知不覺間就變成現在這樣的感覺呢……」

「是、是喔……」

「啊，癖好方面的契機是國一時有一次去朋友家玩，目睹朋友跟她哥哥的關係莫名有種戀人般氛圍的那個瞬間呢。我當時幼小的心靈……就覺得他們絕對做了什麼色色的事。」

……沒辦法寫。這絕對不能寫。

「那特別有成就感的瞬間是什麼時候呢？」

「我很擅長畫女生仰躺抬起雙腳看光光的姿勢，如果劇情順勢演變成這樣的體位就會很有成就感呢！」

媽媽伸出雙手比手畫腳地暢談起來，而且也是用一臉自豪的表情回答。

「……謝謝妳的配合。」

「嗯？這樣就好了嗎？」

「嗯……」

「小光？這採訪是怎樣？」

我重重地大嘆一口氣就走出房門。

久留里從客廳的門縫間窺探我這邊的狀況。

「……感覺不行嗎？」

「不行不行不行。完全不行……不然說是漫畫家蒙混過去好了？這樣也沒有說謊。」

「不行啦！小學生一聽到是漫畫家一定會全場嗨翻……！絕對會被問是畫什麼作品。」

「這、這樣啊。」

「而且小學生傾向不認同除了主流作品以外的漫畫家！光聽到是小眾就會感到失落，更何況萬一知道是情色漫畫家……那四葉會……」

「你們兩個在講什麼啊～？」

「哇啊！」

「媽媽！」

大概是我的舉止太可疑了，察覺到不對勁的媽媽立刻就過來追問。

確認四葉正靜悄悄地在客廳看影片之後，我輕聲細語地說明了整件事情。

「這種事情就別隱瞞，直接找我商量好嗎～多的是可以蒙混過去的方法啊！」

「媽媽！」

「真不愧是媽媽！」

得意洋洋地搓著鼻頭的媽媽笑了笑。

「好歹我也是畫了這麼多年的看光光體位呢。」

「媽媽，拜託不要動不動就提到看光光體位好嗎……所以說，要怎麼蒙混過去呢？首先光是筆名就不太好，我覺得這點絕對不能說。」

「媽媽的筆名……是什麼來著？」

面對久留里的提問，媽媽用非常細微的聲音答道：

「……滑溜攀登鐵架……」

「什麼東西啊！到底是怎麼發想才會用無機物當筆名？」

「是受到巨匠葛飾北齋在畫春宮圖時用的『鐵棒滑溜』這個別名所影響……」

「媽媽的筆名會讓人聯想到別具猥褻含意的無機物跟在那邊玩的小女生，因此特別不適合學校。」

「小光這樣的聯想也滿變態的……」

「啊～早知道會這樣，筆名取自他後來用的『畫狂老人卍』就好了……」

「那是什麼筆名啊……滿滿中二感很帥氣耶。」

「小久，妳也這麼想嗎？很帥氣對吧。不覺得超級有品味嗎？」

感覺兩人開始離題，為了拉回正軌，我在一旁插話：

「這就算了，結果要怎麼蒙混過去？」

「啊啊，離題了！總之呢！……就是…………那個…………」

「媽媽……」

這樣含糊其辭的回答讓久留里發出衷心感到不安的聲音。

媽媽當場深思熟慮了一陣子，但大概過個三十秒就開口：

「爸、爸爸呢？四郎什麼時候回家？」

當我們在走廊上熱烈討論時，伴隨一道「嘰」的聲音，門扉也微微開啟。我們都因此嚇了一跳並朝那邊看去。只見門開了一道小縫，四葉正從裡面緊緊盯著外面看。

「四、四葉……妳在那裡做什麼？」

四葉走出來以後背靠到我身上，並把我的雙手環上她的身體。

「……你們在做什麼？」

「沒、沒有啊！」

「……嗯？」

「小葉！去挑個影片來看吧！」

「……嗯～？」

四葉皺起眉間。她交疊起雙手並瞇細雙眼，就像個名偵探一樣。

「總覺得……大家有事情隱瞞四葉？」

這讓我突然察覺。

關於媽媽的工作，我跟久留里都是在國中的時候才知道。儘管這也不是可以澈底隱瞞多久的事，但直到該向她坦承並為了讓她好好理解，我們現在只有跟她說明職業是不分貴賤，以及盡可能別讓她不經意聽到跟媽媽工作有關的事情。但這對四葉來說，或許會覺得像是被疏遠一樣。

四葉費解地歪頭沉思。

「但四葉的生日……也還沒到啊……」

看樣子她把隱瞞解釋成驚喜。

也太正向思考了吧……

「小葉，回去那邊跟媽媽聊天吧。」

「……唔，真的嗎？」

表情亮起來的四葉馬上抓住媽媽的手。媽媽朝我們瞥了一眼之後，就這樣跟四葉一起進到客廳去。

幾秒後，我的手機收到媽媽傳來的ＬＩＮＥ訊息。

『這邊交給我吧！剩下的就麻煩你們了。』

「媽媽……逃走了呢。」

「這本來應該是媽媽要煩惱的事情吧……」

「訪談作業什麼時候要交？」

「四葉說是明天……」

我跟久留里討論過後，決定到車站去接爸爸。事先用電話聯絡爸爸有緊急事情要商量，便到車站前接他。

傍晚時分的車站前到處都是下班要回家的車流跟人潮，充斥著嘈雜與喧囂。

走出剪票口並注意到我們的爸爸一臉鐵青的樣子。

「光、光光光雪，你過來一下……久留里在這邊等著。」

爸爸伸手攬過我的脖子，把我帶到遮蔽處。

「你、你說有緊急的事情，難道是……久留里她……得知那件事……」

「不是。她還不知道。有別的事情要商量。」

聽到我這麼說，爸爸厚實的胸膛也鬆懈下來，「呼哇～」大嘆一口氣。

「爸爸……你也太擔心了吧。」

「呃，至今只要我跟媽媽有好好蒙混過去就行了……但光雪又不會說謊，跟久留里相處的時間還很長……我就莫名感到擔心。」

他這麼說確實都很有道理。我本來就很不會說謊，風險也會跟著增加。

即使如此，儘管得知沒有血緣關係，我對爸爸抱持的情感與距離感卻都沒有任何改變。頂多只是覺得有些寂寞而已。這也讓我放心多了。會不會是我們父子倆之間的距離本來就比較剛好呢？如果面對久留里時，也能同樣這麼想就好了。

自己一個人在旁邊等的久留里隔著櫥窗看起車站裡的小物店，但轉眼間就被搭訕了。爸爸頓時睜大雙眼，流露出鬼神般的表情趕赴現場。

「找我女兒有什麼事？」

身軀高大的爸爸只是站到久留里身後這麼一問，前來搭訕的男性就逃之夭夭了。平常都給人個性溫和的感覺，只有這種時候會露出像黑道一樣的表情。

對久留里來說，有人過來搭訕大概是常有的事，只見她完全不介意地說：

「欸欸！你們兩個男生在聊什麼下流話題嗎？」

我跟爸爸面面相覷。

「沒事。」

「嗯。沒事。」

「哇～！果然在聊下流話題！是怎樣的內容？我也要加入！我大概比小光還了解喔！」

就跟四葉一樣……我們家的妹妹都這麼正向思考真是一大救贖。

「其實……是四葉的作業要訪問關於母親的職業……」

聽我這麼一說，爸爸就重重地點頭表示：「原來如此。」

我們三個家人呆站的街道也褪去暮黃，完全變成夜幕的色彩。

茫然地看著在眼前來來往往的上班族跟學生時，爸爸開口說道：

「光雪、久留里，今天我們三個在外面吃晚餐吧。」

「咦？」

「這樣好嗎？」

「嗯。該來場作戰會議。我來跟媽媽講一聲。」

「也是呢～在家會很難討論呢！好啊！我覺得很好！」

嘴上說得好像逼不得已，但久留里明顯對於突然要外食的決定感到很興奮。

爸爸跟媽媽聯絡一聲之後，我們一起朝著有很多店家的地方走去。

「要吃什麼呢？壽司店如何？」

「嗯，我都可以……」

這時從爸爸背後傳來一道細微的聲音。那就像是機械語音一樣不自然的尖聲高音。

「肉肉。」

爸爸跟我沉默以對時，那道聲音又更大聲了點。

「肉肉！」

然後那道機械語音就再也沒有停過。

因為肉肉機器人實在太吵了，我們決定不去壽司店，轉而朝牛排館前進。

一進到店裡點完餐的時候，ＬＩＮＥ的家族群組裡就出現一句『快點回來啦～！』並附上大量哭臉表情符號的訊息。

仔細想想，一旦跟四葉獨處，肯定就會直接聽她說起作業的事情。

媽媽啊。妳以為自己很聰明地開溜，其實這就是聰明反被聰明誤。

「反正媽媽是到了關鍵時刻可以發揮驚人力量的類型，應該可以撐得過去吧。」

爸爸悠哉地如此說道。媽媽確實在工作方面好像也是會在快到截稿日的時候，發揮驚人速度趕稿的類型，也會看到她茫然地自言自語：「如果一開始就能拿出這種速度，三天就能結束了……」

「是說啊，爸爸。你也該告訴我了吧。」

「嗯？」

「爸爸跟媽媽在哪裡認識的？你以前都說長大之後就會告訴我，一～直蒙混過去吧？」

「嗯嗯嗯？」

爸爸的笑容僵在臉上。然後拿起濕紙巾拚命擦臉。

這我知道。先前爸爸跟媽媽才說他們是在托兒所認識的。是個平凡無奇又健全的邂逅場所。那恐怕就是真相吧。但兩人在理應是結了婚並生下小孩，才會為了將孩子帶去給人照顧而前往的托兒所邂逅是件很奇怪的事。爸爸總不可能向她坦言。

由於照理來說我也不會知道這件事，因此很難插嘴。總之先拿起放在眼前的杯子，喝了一大口水。

爸爸也面帶笑容地一口氣把水灌掉。仔細一看他的額頭還冒出冷汗。

一直以為我們是個沒有任何問題的和平家庭，但沒想到我們家也存在著這麼多祕密。無論是哪件事情爸媽都沒有惡意，然而也都是要慎重考慮時機才能對孩子開口的難題。

「就算我這樣問媽媽，她都只會告訴我虛構又過度誇大的事情，而且每次說的還都不一樣。爸爸，拜託告訴我最純粹的事實吧。」

「這、這話題讓人很害臊耶……下次再說吧。」

「我就知道……」

「咦！」

「我以前就開始懷疑了……」

「唔，嗯？」

久留里的話讓爸爸睜大雙眼，臉也湊近過去。我只是保持沉默看著久留里。

她用有點低沉的聲音，一臉認真地說：

「爸爸，媽媽以前應該被你逮捕過吧？」

「……久留里。妳究竟是怎麼看待媽媽的啊……沒這回事喔。打從認識的時候，你們媽媽就是個很出色的人……個性開朗又優雅美麗，不過時不時就會脫口說出很不得了的下流話題，害我每次都被她嚇一跳……」

「這邊替您上牛排套餐的沙拉。」

沙拉先送上桌後，話題也就此打斷。盤中的紅蘿蔔絲跟高麗菜絲上頭淋著橘色的醬料。久留里用像在抽屜裡看到兩年前的髒抹布一樣的眼神瞥了一眼之後就撇開視線。

「所以說，其實是在哪裡認識的呢？」

爸爸一股勁地將沙拉塞進嘴裡，想藉由慢慢咀嚼來拖延時間。然而不幸的是，他嘴巴太大，以至於沙拉的盤子上已經空空如也，再也沒有東西可以讓他繼續塞進嘴裡了。在這段期間，久留里的眼神一直緊盯著爸爸。

「久留里……總之先吃沙拉吧。」

「咦？沙拉？那是我最討厭聽到的詞。」

在我的催促下，久留里一臉厭惡的樣子看向沙拉。假如盤子裡有蟲，說不定也有人會露出這樣的表情。

「如果是燉煮跟炸的蔬菜我還勉強可以忍耐，就只有沙拉真的無法原諒耶。為什麼非得將維持長出來的樣子的植物吃下肚才行呢？也太莫名其妙了。」

久留里冷哼一聲，轉頭看向另一邊。雖然表現出讓人覺得蔬菜很可憐的厭惡方式，但暫且分散了她的注意力，讓爸爸鬆一口氣。

久留里還是噘著嘴不斷說著蔬菜的壞話，但似乎放棄繼續瞪視下去並陷入沉默。然後帶著滿滿的絕望感大嘆一口氣，這才將沙拉中的高麗菜絲送進嘴裡。我不讓她點沒有沙拉的套餐，因此儘管每次都一直抱怨，還是會全部吃完，這正是久留里了不起的地方。

然而她在吃沙拉時的表情接近虛無。看起來就跟經歷了痛失家人、夥伴跟深愛之人這般悲壯過去的戰士一樣。無論教人陷入癲狂的悲傷，還是喪失帶來的悲痛全都經歷過一輪。就只有自己還倖存在這個世上，再也沒有任何對戰士來說重要的事物留下，僅僅是呼吸著苟延殘喘活下去。

久留里就這麼內心空洞到不存在任何情感般，面無表情地一口接一口吃著沙拉，不久後，當她察覺店員再次靠近的時候，突然回復生氣勃勃的樣子。

牛排送來了。

一旁附上滿滿玉米，上面擺著厚厚一塊方形奶油的牛排，現在也在鐵板上滋滋作響。

「為您送上五分熟的十六盎司牛排。」

「這邊！這邊！是我點的！」

久留里的雙眼頓時散發光芒，高舉一隻手精神飽滿地這麼回應。

當整盤肉放到面前時，久留里露出滿臉笑容。她的表情充斥著生存的喜悅。

拍了一張照片之後，她就立刻拿好刀叉，對著牛排投以戀愛中的少女般陶醉的目光。幸好久留里只要一看到肉，就會忘掉大多數的事情安分下來。現在大概連四葉的作業、爸媽的邂逅，還有討厭的蔬菜全都拋到九霄雲外了。

久留里平常雖然輕浮又缺乏注意力，唯獨現在是專心致志地仔細切下肉塊。

她注視著從切開的肉中滲出的肉汁及淡粉色的斷面，嘴角也不禁上揚。

將肉塊沾滿蒜味醬油口味的牛排醬之後拿到嘴邊，這才畢恭畢敬地送進嘴裡。

這個瞬間，她閉上雙眼露出宛如在思考艱深道理似的表情，應該滿腦子都是肉吧。咀嚼了一陣子之後，她的臉頰漸漸泛紅，變成幸福到難以言喻的樣子。那副表情簡直就跟剛在天界誕生的天使，手持小喇叭穿梭在透出陽光的雲朵之間一樣。這個美麗的世界上存在許多美好的事物。就是如此充滿希望的面容。

我跟爸爸也是總之先拜見過她那樣幸福的牛排臉之後，才開始享用各自的牛排。先看過那副表情，肉就會變得好吃百分之二十。

當我們吃完之後，ＬＩＮＥ的家族群組就看到媽媽傳來整排『救命救命救命救命……』的訊息。既然她還能用有點恐怖的感覺逗我們笑，目前應該是沒有問題。他們兩個應該也都是這樣想的吧。爸爸點了點頭就默默把手機放下。久留里則是把她剛才拍的牛排照片傳送到群組裡。

我們三人喝著餐後咖啡陷入沉默。

「那麼……該怎麼辦呢？光雪，你有什麼想法？」

「用自由接案的撰稿人蒙混過去如何？」

「以交作業來說是可以用這個說詞蒙混過去，但四葉應該很想知道吧？她一直對於自己始終不能踏入媽媽的工作室表達不滿。既然是那樣的工作內容，她搞不好會跑進去喔……」

在一旁默默聽著我跟爸爸對話的久留里插嘴道：

「難道不正是我們想瞞著四葉，事情才會變得這麼複雜嗎？」

「咦？」

「我覺得老實跟四葉明講也沒關係耶。」

「呃，但是……」

「四葉才剛升上小三耶……」

我跟爸爸都表示反對。既然不知道這會帶給她多大的衝擊，至少也等到她小六，差不多過個三年左右再說也沒關係吧。

「我覺得就算不用告訴她具體的職業也沒關係。可是要明確地告訴四葉，雖然沒有做任何壞事，但世上對於這樣的工作不太會抱持好感之類的，即使如此媽媽還是很努力在工作等等這方面的實情，然後再一起討論作業的答案要怎麼寫。」

久留里喝了一口水之後繼續說：

「我想還是會有四葉能夠接受，而且沒有說謊只是把職業蒙混過去，即便如此也能明確得知媽媽是認真面對工作的回答。」

聽了久留里的話，我跟爸爸不禁面面相覷。原以為還是個小孩子的久留里，其實比想像中還要成熟。

「因為久留里長得很漂亮……說起認真的話就有種難以親近的神聖感耶。」

「爸爸……不要開玩笑好嗎！」

「呃，抱歉。久留里，妳說得很好。我們就照這個方向跟她說吧。」

我也能理解爸爸這麼說的心境。久留里基本上是個胡鬧的傢伙，所以身邊的人才會都跟她很親近，只要閉上嘴露出一臉認真的表情，漂亮過頭的美少女就會散發給周遭帶來緊張感的魄力。

而且見她擺出一臉認真的樣子，那個表情更是讓我體認到久留里已經相當接近一個成熟的大人。

在她愛開玩笑的個性背後可以看見成熟的久留里，感覺就像一個不認識的人，甚至給我帶來不能直視的輕微恐懼感。或許她像平常那樣開玩笑還讓人比較安心。

「但真的可以這麼順利嗎……」

「小光一定可以辦到，沒問題啦！」

最後竟然把事情全都扔過來。

*　　*

離開餐廳之後，我們繞去蛋糕店一趟。為了討媽媽歡心，爸爸想買個甜點給她，但遲遲猶豫不決。於是我跟久留里在外面的自動販賣機買了瓶裝飲料跟茶，一起站在店門口等。

久留里一邊用鞋子踢著腳邊的小石頭一邊說：

「欸～欸～小光，爸爸應該有所隱瞞吧。」

「隱瞞什麼？」

「爸爸跟媽媽的邂逅。背後絕對有不能說的祕密。」

「……只是覺得害臊而已吧。」

「沒必要連跟家人說都不好意思啊。」

「也有些事情正因為是家人才難以啟齒吧。」

「是這樣嗎？」

久留里不滿地說著，並湊過來看我的臉。那張端正的面容靠到極近距離，一雙大眼也注視著我。總覺得有點緊張。

「小光也有事情瞞著我吧？」

「咳噗！」

她突然這麼說，害我被正在喝的瓶裝茶嗆到。

「你沒事吧？」

她伸手過來順了順背部，我只能一邊咳嗽一邊點頭回應。

「希望小光不要對我有所隱瞞。」

「久留里呢……妳就沒有什麼祕密嗎？」

總算平復許多之後，我立刻如此反問。

「沒告訴小光的祕密？沒有！既然是從同一個胯下生出來的神聖存在，我才不會有所隱瞞呢。」

「不要說什麼胯下。說同一個肚子好嗎……」

「但小光就有吧？」

「什……！……沒有！沒有啊！」

而且實際上並不是從同一個胯下生出來的。抱持祕密的也不是只有爸媽而已。直到不久前我還是被瞞著的那一方，但現在也成為隱瞞祕密的一方了。很容易察覺家人變化的久留里，確實發現我的改變並感到狐疑。

「總之啦，小光最近很可疑啊。」

「才、才不可疑。」

這時爸爸拿著一盒蛋糕從店裡走出來。這轉移了久留里的注意力，也拯救我脫離絕境。

回到家之後，好像因為四葉已經想睡所以讓她去睡覺，作業也寫完了。媽媽一臉得意地把作業拿過來，我也跟著爸爸還有久留里一起湊過去看。上頭滿滿寫著擔任甜點公司行政人員的工作內容。

「媽媽，這是怎樣？」

久留里費解地歪過頭，爸爸則是點了點頭說道：

「喔喔，這是妳以前說大學剛畢業的時候工作過的公司嘛。」

「嗯，沒錯。做三個月就離職的那個。」

這樣真的好嗎？如此心想的我從作業上抬起臉來看向媽媽。

她不懷好意地笑著說：

「呵呵……反正又沒說要寫現在從事的職業。」

「機靈！媽媽也太機靈了！」

＊久留里與哥哥的祕密

那天，我在下午五點以前就回到家了。

媽媽在客廳哼著小町的新歌摺衣服。

「我回來了～小光呢？」

「他今天應該要去道場吧？」

「啊，對耶。那四葉呢？」

「今天要上鋼琴課，我等一下就要去接她了～」

我坐到媽媽旁邊向她問道：

「對了！媽媽，妳不覺得小光最近有點奇怪嗎？」

「咦？會嗎？」

小光最近有祕密瞞著我。

一直都覺得很可疑，但前幾天跟他和爸爸三個人一起吃完飯聊了一下，讓我的疑惑變為確信。小光本來就是很不會隱瞞事情的那種人。平常總是率直的視線游移到令人發笑的程度，因此馬上就能看出來了。

小光之所以突然跟我保持距離，說不定就跟他隱瞞的祕密有關。我這麼想，便試著向媽媽打聽一下。

「我想想喔……對了，大概是從四月那時候開始吧。」

「……開學典禮那時嗎？」

「對！差不多就是那時候。妳說得真準耶。」

「哎呀～我只是隨便講講而已耶，該不會是天才吧。」

「妳知道是什麼原因嗎？」

「咦……不知道耶，會不會是交女朋友了？」

「女……女朋友！是喔？」

「不不不，我也不知道啦，但小光也到這個年紀了吧，他那樣其實也滿受歡迎的呢……啊，小久，可以幫我把這些洗好的衣服拿去小光房間嗎？」

女朋友。

我從來都沒有想像過。

小光交了女朋友。就算真的有，還以為會是再更久以後的事。我在心中擅自認定唯獨小光是個不會在念高中時交女朋友的那種人。

可是也確實想不到其他小光會瞞著我的事情。

察覺到此時確實存在這樣的可能性時，大幅動搖了我心中「家人最強」的概念。

我一心認為打從出生那一刻起就是家人的關係，既不可能是長大以後還能得到的羈絆，也是特別的命運。但仔細想想，家人這樣的關係也有可能會隨著年紀增長，優先順序替換成戀人，最後由自己組成的家庭取代。

不過，女朋友這個立場……終究還是外人啊。

家人既不會分手也不會變心。所以應該還是家人比較強大。

儘管如此告訴自己，內心還是急遽湧上一股危機意識，警鈴也隨之響起。

因為照小光那樣死板的個性看來，也可能是認為一旦交往就必須結婚的類型。

腦海中浮現學生會副會長渡瀨學姊的臉。

我懷著有點焦急的心情進到小光房間，隨手就將洗好的衣服放在一旁。

然後希望可以順便找出某種變化，而在房間裡觀察起來。

假設他交了女朋友……房間裡會增加的東西。會是什麼呢，保險套嗎？不，照小光的個性看來，即使交了女朋友，在滿十八歲前都不會做那種事吧。不然像是合照之類……但就算有，應該也是在手機相簿裡。儘管在意得不得了，像這樣逕自在他房間找東找西也不太好。

當我這麼想著，正要離開房間的時候，突然發現一件事。

書桌的一個抽屜沒有完全關上。我折回去探頭看了一眼，只見裡面放著一台平板。原來小光有這種東西啊……

不記得他有在聖誕節或生日時收到這樣的禮物，因此大概是他自己買的吧。感到費解的我伸手拿了起來，一按下側面的按鍵，平板也隨之啟動。

然後看到螢幕時，不禁睜大雙眼。

檜山真琴（運動服）。

鴻上繪梨（洋裝）。

望月瑠衣（體育服）。

木戶花梨（制服）。

上頭一整排全是標出女性名字及服裝的圖像檔案。

我的背脊竄過一股冷顫。

這是什麼？有種犯罪的味道。小光平常明明那麼認真……不，難不成正因為個性認真，才會偷偷摸摸地調查女性並偷拍人家嗎？我的哥哥其實是個變態嗎？

這時僵在原地的我背後傳來「喀嚓」開門的聲音。

「嗚嘎呀啊啊啊啊！有可疑人士出現啦——！」

「唔哇啊啊啊！可疑的人是妳吧——！」

放聲尖叫之後，小光發現是我就嘆了一口氣。

「什麼嘛，是久留里啊……不要擅自闖入我房間啦。」

「小光……檜山真琴是誰？你們是在哪裡認識的？」

小光的臉色頓時變得鐵青。

「……妳為什麼會知道那個名字？」

「我就知道……欸，不要做這種犯罪行為啦……」

「犯罪行為？……比起這個，那個名字……啊！難道妳是看了那個嗎？」

小光發現我手中拿著平板便睜大了雙眼。

「對啊。雖然我沒有點開來看……」

「那就好。」

「一點也不好！那個……難道你是因為欲求不滿而感到鬱悶嗎？如果希望女生穿怎樣的服裝，我也可以穿給你看……之前才看到妹妹幫哥哥打手槍是理所當然的常識……」

「是在哪裡看到的！妳到底是在哪裡看到那種地獄般的常識啊！」

「媽媽的漫畫……只要可以幫助小光回到身為一個人的正道，我在所不惜喔！」

「不准看！」

「嗚哇——！小光，不可以偷拍女生啦～」

「偷拍？妳在說什麼啊……我怎麼可能會做那種事。」

「你沒有偷拍嗎？那不然這麼多人的名字是從哪裡來的？」

「……嗯。現在我知道妳聯想到很可怕的事情了……放心吧。我絕對沒有給其他人帶來麻煩。」

雖然搞不太清楚，看來他沒有染指犯罪。總之這點可以放心了。

「欸，那這究竟是什麼？沒經過你的同意就打開來看確實很抱歉……但我很在意耶。」

「那也……沒什麼好在意的吧。」

「很在意好嗎？上面全都是女生的名字喔。」

「…………」

「既然你沒做什麼違背倫理的事情就告訴我嘛！鴻上繪梨是誰！要是不講我就把你扒光

硬是幫你打手槍喔！」

「不要說出那種嚇人的威脅！她是高二的……女生……是個大小姐。」

「她跟小光是怎樣的關係？」

「我、我跟她……不是那種奇怪的關係……」

「那到底是哪種關係？不能讓我跟她見面嗎？」

我一再反覆說著像是一臉快哭出來的妻子逼問外遇丈夫般的追問，被逼到絕境的小光眼神愈來愈黯淡無光。最後，他失落地垂下頭去。

「好啦……讓妳看總行了吧。」

這麼說著，小光點開檔案給我看。

那些全都是可愛女生的插圖。

每個人都有不同的性格，光是看到角色的臉就能想像出她的個性。強勢開朗的女生、低調沉穩的女生、男孩子氣的女生、大小姐般的女生，還有怕羞的女生等等。而且每張插圖都能讓人鮮明地聯想到當下的情境，顯得栩栩如生。也有胸部很大的女生，但整體來說尺度並沒有很大，卻能感受到散發出來的高雅性感。每個角色真的都非常可愛。

「哇啊～畫得超好耶。咦，這真的是小光畫的嗎？感覺跟媽媽的畫風有點像……欸，這真的不是媽媽畫的嗎？」

「…………唉。是我畫的……拜託妳現在就忘掉這回事。」

生著悶氣唸唸有詞的小光雖然表情跟平常差不多，一張臉卻紅透了。

「為什麼還要取名字呢？」

「因為看到一個我很尊敬而且偷偷有在追蹤的神繪師說……在練習畫人物的時候，不能什麼都沒想就動筆畫，就算只是一張插圖，如果能同時想像那個人有著怎樣的個性，筆下呈現的又是在什麼情境下的畫面，就更能表現角色特質及臨場感……這一點讓我銘記於心。所以才會替每個角色都取名字並設定情境。」

「哦～原來如此～每次都會認真用這種方式畫畫這點確實很像小光會做的事呢。」

小光有明言過未來要以成為跟爸爸一樣的警察為目標，因此應該是沒有想成為職業插畫家之類的，但確實繼承了媽媽的血脈呢。這莫名讓我感到很開心。

「唉……看夠了吧。拜託妳快點抹滅這段記憶。」

「還沒啦……啊，這個女生好可愛。完全是我喜歡的類型。還有其他圖嗎？我想看！」

即使如此，我還是感到很意外。然後就這麼熱衷地到處翻出可愛的女生角色來看。

看了一陣子之後，這才發現小光意志消沉地抱膝窩在房間一隅。

「……小光，你為什麼要這麼消沉啊？」

「隱瞞的事情被人看到當然會消沉吧。」

「為什麼要隱瞞呢？」

「因為……那又不像是我會做的事……」

「咦～小光，你真的太在意別人的眼光了。畫得這麼好的作品，要再更炫耀給別人看也沒關係啊！」

「是妳太不在意了……而且我在意的程度跟一般人一樣。」

這樣說也對。我並不像小光那麼在意「他人眼中的自己」跟「社會常識看來理應如此」這類事情。只要確保最低限度的倫理道德沒有走偏，就不覺得有必要那麼在意。

「但這種東西一般來說不會特別隱瞞，反而是隱瞞起來才會讓人覺得噁心耶。」

「妳這樣說……或許也沒錯啦……」

「接下來就開放一點吧！也拿去給媽媽看……」

「……不用啦！拜託妳別說出去。」

嗯——我是覺得開放一點，沒有那種悶騷色狼感比較好耶。

但跟小光共有一個祕密的感覺也不錯。

「好吧。我不會說出去！這是只屬於我們的祕密喔！」

聽我這麼說，小光鬆了一口氣，也總算揚起笑容了。

「不過，幸好是被久留里發現呢……」

「咦，怎麼說？」

「嗯，畢竟妳就是這種個性……」

「……雖然搞不太懂，但我覺得超開心喔。」

這種自己的存在得到小光認同的感覺，把我整個心都填得滿滿的。

漸漸膨脹起來的心情感覺就像快要爆發一樣，正想過去緊緊抱住他的時候，立刻就被枕頭給擋了下來。

「嘖！」

我嘖了一聲。可惡。本來想要抱緊處理的。

一下下也好吧。又不會少一塊肉。我們可是兄妹耶。

腦中想著正打算對婦女施暴的惡棍般的情境，我使勁地緊抱枕頭。小光用有如少女般的動作雙手抱著平板，輕輕放回抽屜裡。

即使如此，一起生活了這麼多年，我從來不知道小光有這樣的興趣跟特技。總是為了家人行動的小光，竟在不知不覺間找到這樣的興趣並暗自培養起來。

所謂家人就是近在咫尺，感覺好像無所不知，但果然還是潛藏著許多不為人知的祕密。

有些事情我也因為覺得不用明言所以沒有說過，也隱瞞了一些要是說出來可能會被罵的事。

我自己也有一些像這樣瑣碎又稱不上是祕密，但卻沒說過的事情。或許就是這樣的瑣事積少成多，最後就會變成不知道的部分愈來愈多。

不過小光被我揭發的祕密並不是交了女朋友真是太好了，我確實鬆了一口氣。

但總覺得這個興趣跟小光在面對我的時候變得莫名疏遠的理由沒有關係，因此終究還是沒有搞清楚。

搞不好他其實也沒有隱瞞那種祕密，只是某天突然長大了而已。

然而這樣也會讓我感到寂寞不已。

第六章　奪回兄妹的羈絆

這個週末爸爸要出差。

送爸爸出門之後，我們四個人就聚在客廳。媽媽語氣悠哉地說：

「今天晚餐看要叫Uber Eats還是出前館（註：日本本土外送平台）好了？」

「肉肉？」

「我就知道小久會這樣講～請用人話表達意見～」

「肉肉、肉肉……肉肉。」

「啊哈哈。是肉肉機器人耶～」

當媽媽跟久留里聊著這種愚蠢對話的時候，媽媽的手機響了。

「哎呀，是媽媽打來的～喂～」

她語氣開朗地按下通話鍵，將手機貼到耳邊的媽媽就到走廊講電話。

但隨後可以聽見她說著「咦～？那豈不是會很辛苦嗎？」和「是沒錯啦……但像是食物跟衛生紙那些東西啊……」之類的聲音。

「咦？我是有工作要做啊。完全做不完，只是今天一天是可以過去…………嗯嗯。」

後來她大概是在走廊那邊晃來晃去，聲音也漸漸遠離，聽不太清楚又說了什麼。

我跟久留里不禁面面相覷，不久後講完電話的媽媽也回來了。

「怎麼了嗎？」

「就是啊，你們外婆從樓梯上摔下來，結果手骨折了。好像有好一段時間不能開車，我這就去幫她買幾天份的日用品跟食物，順便做些常備菜放著～不過工作還沒做完，所以明天下午就會回來了。」

對此我跟久留里紛紛答道：「真糟糕呢，快去吧。」、「幫我們向外婆問好。」外公過世之後，外婆就是自己一個人住在距離這裡開車一小時左右的地方。骨折之後想必會對生活產生很大的影響。

但是現場有一個沒辦法輕易接受的人。

「……四葉也要去。」

全場陷入一片沉默之中。所有人都看著四葉。

「咦？但是……」

畢竟是要去照顧受傷的人，四葉可以做到的事情並不多。不如說帶著一個八歲小孩過去可能還會更辛苦。

「四葉，妳跟我們一起看家。」

四葉左右搖了搖頭。

「四葉，待在家裡嘛。我們找個好玩的遊戲一起玩吧？」

即使久留里這麼說，她還是搖了搖頭。

「我要跟媽媽去。」

「小葉。媽媽很快就會回來了，乖喔。」

「反正媽媽就算回來，也都是在工作啊……」

這句話讓媽媽頓時語塞。

四葉嘛起嘴，完全沒有要退讓的意思。雖然已經八歲，但看起來比實際年齡還要幼小的四葉做出這種表情，看起來完全就跟幼兒一樣。

「人家好寂寞。四葉也要跟媽媽一起去。」

四葉本來低著頭，說到這裡便抬起頭來。她一副淚眼汪汪的樣子。

一看到那雙眼睛，媽媽馬上就被攻陷了。

「小葉……！平常都不能陪妳，對不起喔！走吧，跟媽媽一起去天涯海角吧！就算是地獄我也會帶著妳同行～！」

「呃，媽媽，要去地獄的時候還是讓她留下來吧……」

被媽媽緊緊抱著，從媽媽肩上探出頭來的四葉面無表情地伸出手，暗自興奮地對我比出勝利手勢。她靜靜地誇耀自己的勝利。我覺得四葉這種個性跟久留里有點像。

為了幫忙四葉做外出的準備，久留里跟她一起到房間去。後來客廳剩下我們兩人時，媽媽對我說：

「小光……你跟小久兩個人看家……沒問題嗎？」

「沒問題吧。」

換作是以前，這個話題也就此結束了，但媽媽垂下眉毛遲疑地繼續說下去：

「……可是你們都正值青春期……」

聽到媽媽說出這種話，害我既驚訝又傻眼。

「又不是才剛認識的兄妹，沒必要擔心這種事吧……」

「……等一下！你剛才說了什麼？」

「又不是才剛認識的兄妹……」

「我筆記下來！手機丟去哪裡了……」

「媽媽，拜託不要把我說過的話用在工作上！」

「角色各自的獨白在近親相姦的故事中也很重要……而且一直在一起也很不妙……」

「…………媽媽……雖然這很難啟齒……」

「咦？怎樣怎樣？」

「……妳是不是工作到太投入了？」

聽我這麼說，媽媽像被點醒一樣用雙手壓住自己的臉頰。

「……搞不好喔！也、也是呢！一起看家是很正常的事嘛！我也真是的，平常一年到頭都在畫兄妹或是姊弟的看光光……唔。」

「媽媽！」

「啊……」

媽媽連忙摀住自己的嘴巴。這個人只要一個沒注意，動不動就會說出看光光什麼的，一逮到機會立刻做出體位發言。但她說不定真的是一直都投身於工作當中，疲憊到思緒切換不過來。真是太恐怖了。得好好慰勞她才行。

「哎呀，最近小久感覺怪怪的……我才會有點擔心。真的很抱歉。是我腦袋不對勁。小光不會有問題的吧。」

媽媽平常雖然都在畫忠於自己癖好的兄弟姊妹近親相姦主題的漫畫，看樣子在現實中並不樂見自己的孩子發生那種事情。說真的，這讓我放心許多。

「當然啊。我跟久留里的關係和以前一樣。媽媽也趁這個機會讓思緒跟工作切割開來，休息一下比較好吧。」

為了讓媽媽放心，我也像是說給自己聽一樣這麼宣言。

「說了那種奇怪的話真是抱歉呢。會在意這種事才比較奇怪吧……」

「不……久留里最近確實是有點怪怪的，我也會多注意一下。」

「謝謝你，小光！真厲害！我們家有個可靠的長男真是太棒了！那就交給你嘍！」

「儘管放心！」

我實在禁不起家人的請託。而且媽媽也很懂得要怎麼讓我上鉤。

「那我走了，門窗要關好喔。」

「好～」

我跟久留里一起在停車場目送媽媽開車離開之後，兩人就一起回到玄關裡。

這時側腹被人用手指戳了戳。

轉頭只見久留里單手摀著嘴，不懷好意地笑著。

「……怎樣？」

在這個當下，我的「不祥預感雷達」響亮地嗶嗶作響。

「小光！今天一定要一起洗澡喔！然後再感情很好地一起睡覺吧～！」

我不禁傻眼地張大嘴巴看著久留里。

「嗯？」

但她只是「嘿嘿」地笑著回應。

「妳這個……」

「咦？怎樣喵？」

「妳這個……大笨蛋啊啊啊！」

面對我的怒吼，久留里做出彷彿熊在進行威嚇時的姿勢，並毫無意義地表達反抗：「嘎嚇啊啊啊啊！」明明沒有講人話卻能傳達出是在反抗的意思。太強了。

做完威嚇之後，心情馬上變很好的久留里面帶笑容地回到客廳。

「小光，今天我們吃飯要怎麼辦？」

「叫外送……或是有想吃什麼我會煮的……」

「對了！小光，今天午餐我來煮吧。」

「……中午就吃燒肉有點……超出預算了。」

「我、我知道啦！會做很普通的，一般人的午餐。」

「像是什麼？」

「嗯——炒麵！」

「……好吧。」

「……也太不相信我了吧。」

總之我們一起出門購買午餐跟晚餐的食材。

就在遠遠可以看見超市的時候，身旁突然傳來快活的音樂聲，那是久留里手機的來電鈴聲。她看了手機螢幕一眼就很有精神地說著：「喂喂～」幾秒鐘後表情卻沉了下來。

「咦？今天嗎？」

久留里先是瞥了我一眼，然後到相隔一點距離的遮蔽處講電話，大概過一分鐘左右就回來了。

「久等啦～走吧。」

「有什麼事嗎？」

「朋友說車站前新開了一間感覺我會喜歡的店。」

「是喔，所以妳等一下要去玩嗎？」

「嗯～但今天很忙，我就推掉了。」

「……妳很忙嗎？」

應該沒有哪天假日比今天還要更閒的吧。久留里的朋友很多，不過她基本上大多都以我為優先。她應該是覺得沒有朋友的我很可憐，才會有所顧慮的吧。

「久留里……妳不用太在意我，想玩就去玩。」

「咦？」

「跟妳不一樣，我的朋友很少，但就算自己一個人在家也沒差……」

「我又不是那個意思。」

「呃，可是妳一點也不忙啊，家裡的事就交給我……」

「我、我……！」

久留里打斷我的話並瞪了過來。

「……我就是想跟小光一起度過啊……！」

久留里憤恨地朝我瞪了一眼，盛氣凌人地這麼說完就抓住我的手，快步向前走去。看她這副表情……變成這樣的她任何意見都聽不進去。所以我也沒再多說什麼了。

看到擺設在超市前面的餐車時，久留里就停下腳步，視線緊緊鎖定那個地方。她看了一下便緩緩閉上雙眼，抽著鼻子嗅起飄過來的香氣。

當她再次睜開雙眼時，臉上的表情就變成一副陶醉的樣子，搖搖晃晃地朝著那個方向走去。我連忙伸手抓住她的衣襟阻止。

「等等，久留里。入口不在那個地方。」

「咦……但那裡有賣烤雞肉串的餐車喔。」

最恐怖的地方就在於她講得好像那裡打從一開始就是我們的目的地一樣。

「……炒麵呢？」

「小光，有件事情務必請你通融一下。」

「怎樣？」

「我可以去買烤雞肉串嗎？」

「可以啊，但炒麵呢？」

「那個晚上再吃……我的本能現在鎖定了烤雞肉串。」

「喂……難道妳的理性贏不了肉嗎？」

「從來沒有贏過……」

「肉欲真強啊……」

「不要講得這麼下流好嗎？那我去買嘍。」

我在附近的自動販賣機買了綠茶，來到超市大門附近擺設的餐桌長椅上坐下。

「小光，久等了。我買回來嘍！」

雞腿肉、雞皮、雞心、雞肉蔥串、豬頰肉、雞肉丸、雞屁股。她拿著放有大量烤雞肉串的透明餐盒走過來。那簡直是像要開派對一樣的分量。

「拿妳自己喜歡的吃吧。」

如此說道的久留里立刻拿起沾滿醬汁的雞皮吃了起來。然後還細細咀嚼品味一番。

「嗯～真是別具意義的假日啊。」

「是嗎？」

畢竟是難得的假日，比起坐在擺放於平凡無奇的超市正前方的長椅上跟哥哥一起吃烤雞肉串，到至少比較熱鬧的車站前和朋友一起玩，應該才是更有意義的時間運用方式吧。

「跟朋友一起吵吵鬧鬧地玩也是不錯啦……果然還是跟小光一起悠～悠哉哉地度過比較好呢。」

如此說道的久留里拿起寶特瓶咕嚕咕嚕地喝著茶。看她大口地喝完之後說著「噗哈」並擦拭嘴邊的動作，看起來有點像個大叔，但還是充斥滿足感。

話是沒錯，現在這樣跟朋友一起度過時，應該會有種不一樣的放鬆感吧。

家人有家人的好。

不用裝模作樣。也不會感到緊張。這就是家人的優點所在。

這讓我莫名覺得感觸良多。如果爸媽當初各自是將孩子交付給不同的托兒所，如果他們沒有再婚，我們現在應該會身處在完全不一樣的地方吧。沒有血緣關係的兩個人會像這樣一起吃著烤雞肉串，也算是相當神奇的事情。

坐在長椅這邊，可以看到位在隔了一條人行道那邊的公園裡有小孩子正在玩球。空中劃過一道飛機雲。

趁著假日過來採買的一家人從附近的大門走進去，然後又有另一家人走出來。無意間拉回視線看向前方，只見妹妹不顧手沾到黏黏的醬汁，一心一意地品味著烤雞肉串。

毫無疑問是個悠哉的假日。

沒有什麼特別的安排。悠哉地花上一段時間吃完烤雞肉串之後，我們就到對面的公園將黏黏的手洗乾淨。

然後這才總算進到超市，執行本來採買的目的。

「小光，回去之後你要做什麼？」

「沒什麼特別的計畫……妳呢？」

「看個演唱會……啊，不然來複習一下桃桃乃的電影好了。」

回到家先將買好的東西放進冰箱並回到客廳時，只見久留里就照她剛才所說的，好像打算要看女神出演的電影，已經坐在電視機前拿好遙控器了。

電影是改編自少女漫畫的女性向戀愛喜劇，久留里的女神「桃桃乃」飾演別人為了試探感情而去搞曖昧的對象，後來跟男配角湊成對之後很快就沒戲分了。

由於桃桃乃不是女主角的關係，到了劇情中段就沒再出現。而且電影本身也看過了，久留里便決定跳過這一段。她點出螢幕下方工作列，一下就精準拉到桃桃乃再次登場的地方。

太厲害了。接著按下撥放之後，馬上流著口水發出歡呼：「唔嘎啊啊啊～好可愛～」這好像是她喜歡的角度，因此又拉回去停在那一幕。

「……小光，你做看看這個。」

「做什麼？」

「這個，壁咚之後臉靠過來用低沉的聲音說：『成為我的人吧。』這句經典台詞！拜託你了！」

「妳在說什麼鬼話啊……這也太有毛病了吧……兄妹做這種事……」

「我也想看看女神見識過的景色啊！拜託你嘛！」

「這種事情是由專業演員在完善的環境下做出來才能得到容許，一般人隨便模仿就會變成恐怖的意外，太危險了。」

「嗯……我也覺得應該沒辦法憋笑……但還是拜託你了。」

「妳根本沒有憋笑的打算吧……我才不要。」

「我給你一百圓嘛！」

「別妄想一百圓就能買走我重要的東西！」

「你是少女喔！不然總之～先形式上壁咚看看嘛。剩下的我可以靠妄想彌補。」

「不要講得像在挑戰疊羅漢一樣。我可不會做喔。」

「快點啦～拜託你嘛～沒有男朋友的妹妹也只能拜託哥哥做這種事情而已啊。」

「真拿妳沒轍耶……只有五秒喔。」

她實在糾纏不休，於是變成只做做看那個姿勢。久留里走到牆邊，語氣果斷俐落說道：

「來，小光請站到這邊，然後雙手抵在我的耳朵兩側～」

「這樣嗎？」

這個動作自然變成將久留里圍在自己懷裡。這才驚訝地察覺她比我所想像的還要嬌小。

久留里睜開大眼確認眼前的光景，並摀著嘴巴興奮地說：「哦哦哦，豪厲害……原來是這種感覺啊……」

她的目光接著抬起來，在跟我對上眼的瞬間，動作頓時停了下來。她的臉一口氣紅到耳根子，就連眼睛都漸漸濕潤起來。

「…………怎、怎樣？」

「……小、小光太帥了，害我小鹿亂撞！」

這麼喊著的久留里用背摩擦牆面，並且蹲了下來。

「這、這個……很不得了耶！欸，你還是說看看那句台詞……」

「我最好是能做到那種不知羞恥的事啦！到此結束！」

結束這場鬧劇之後，久留里接著開始看起之前錄下她女神有登場的電視節目。我也拿了從圖書館借來的書坐在沙發上看。

在看到一半的時候，開始有點睡意襲來。接著就漸漸地一直反覆看著前後行的內容沒有進展，最後便睡著了。

當我瞬間驚醒的時候，發現久留里的頭躺在我的大腿上，並蜷著身子睡著了。最近心理上的習慣讓我頓時斷定「這不是一般兄妹會做的事」。想讓她離開我身上而伸出手時，又轉念一想。

算了，反正這是在家裡，也沒有被任何人看到。今天就算了吧。像久留里這樣交友廣泛的人，在外面會有很多顧慮。如此一來也有想在家裡懶散地撒嬌的時候吧。

久留里動不動就希望我摸她的頭，但最近自己常常拒絕她。態度突然轉變也讓我覺得對不起她。怕吵醒她的我輕輕摸著她的頭。

久留里在淺淺鼾聲中發出了微微一道「嗯……」的聲音。

她的嘴角勾起弧度，一臉感覺很舒服的樣子，但沒有要醒過來的跡象。

飄逸的頭髮。小小的頭部光是骨骼的形狀就很漂亮，光滑的臉頰延伸出完美的線條，即使閉著雙眼，看起來也像人偶一樣端正。

當我這麼看著她的時候，那種感覺又像突然想起來一樣襲上心頭。

好像看著一個不認識的人那般陌生的感覺。

而且又產生了在做一件怪事的念頭，我便停下動作。

對久留里的親情明明從未改變，卻跟她拉開一段疏遠的距離，這讓我產生罪惡感。然而既然都察覺了，又會覺得與至今一樣用異常的距離跟她相處也會產生莫名的罪惡感。我不知道這種感覺的真面目，也不曉得是以怎樣細微的情感及理由所構成。只是依循著本能追求對的事物。

我就這麼看了久留里好一陣子，但像是要逃避現實一樣，再次閉上了眼睛。

再次睜開眼的時候，已經不見久留里的身影。倒是聽見廚房傳來一些聲響。

「你醒啦？睡滿久的耶。」

「妳在做什麼？」

「時間差不多了，我在煮晚餐喔。」

總覺得才剛吃過烤雞肉串而已，肚子卻餓了，時鐘的指針也確實向前邁進不少。我竟然睡了這麼久啊……

「來，做好了～單純做炒麵有點無聊，所以我就做了蛋包炒麵喔。」

她隨手就做好的晚餐賣相看起來很漂亮，感覺也很好吃。

久留里平常雖然不太常下廚，但是一看就知道很能幹。只要多做個幾次感覺馬上就會做得比我還要好了。她就是無論念書、運動還是下廚，都因為懶散跟沒幹勁導致沒有活用自己的潛力那種類型。

當晚餐放上餐桌時，爸媽也分別傳來各自晚餐的照片。

爸爸傳來在店裡吃牛丼的照片。媽媽傳來的照片則是應該是在老家煮的料理，有飯、馬鈴薯燉肉、味噌鯖魚，以及在這桌料理前可愛地合掌的四葉。

久留里傳了一句『我們吃蛋包炒麵喔』並附上照片之後才開始吃。

「久留里，妳的嘴巴沾到美乃滋了。」

「咦？幫我擦～」

我伸出手指替她擦掉之後，久留里「嘿嘿」地笑了笑。

後來當我收走空盤，在洗碗的時候才赫然發現。剛才那或許不是理所當然地會對已經成為高中生的妹妹做的事。在我的觀感中果然還是有些不對勁的地方。得更謹言慎行地以普通兄妹的關係為目標。

就這樣吃過晚餐，時鐘的短針也指向七的時候，折響手指的久留里靠了過來。

「晚餐也吃飽了……」

「嗯……」

「接下來就是期待已久的洗澡時間！洗澡水放好嘍！」

「……並沒有期待已久。」

我搞錯了。靠過來的不是妹妹，是個腦袋螺絲全部鬆脫的怪物。證據就在於她莫名閃閃發亮的眼神太詭異了。這是頂著一張美少女的臉並溫柔地靠近人類時，臉部正中央就會對半裂開並把整個人吞進去的那種怪物。

「你不跟我一起洗澡嗎？竟然連這種事都不肯答應，小光最近也太冷淡了吧？絕對很奇怪。是不是有什麼事瞞著我？」

「不，很久之前就沒有一起洗澡了吧。」

儘管這麼說，我還是有點嚇到。

雖然說著一番蠢話，久留里恐怕是在測試我的親情。即使不明白理由為何，她確實在向我表明面對於與她拉開距離這件事的強烈遺憾。

我想保持兄妹間適當的距離感，然而並不是想在彼此之間留下一道鴻溝。要是沒有讓她明白這一點，那就本末倒置了。

但是，要是現在跟她一起洗澡，以我的目的來說一樣是本末倒置。

「洗澡！一起洗澡！你總不會連這種事都做不到吧！」

「就是做不到！」

「為什麼啦？無法接受！告訴我理由是什麼！」

「這是一般常識！」

「但有違我的常識。」

「好，那就採用我的常識！」

「駁回！常識這種會因人而異的東西……在面對家人時，就給我拋開那種既籠統又沒有明確形式的東西！」

即使如此，媽媽不在我就無法澈底拒絕久留里。

面對滿嘴歪理的久留里，我只能用理所當然的一般論調跟常識來武裝自己。但很不幸的久留里是在我人生中遇過最無法接受一般論調跟常識的那種人。明明如此偏離常識，然而面對這樣的常識無法通用的對手究竟該說什麼才好？

在我不斷思考的時候，久留里就一直在背後熱烈地喊著：「洗澡！洗澡！沐浴去～！」這樣的洗澡呼聲，真的有夠煩人。

「好。」

「咦！」

「不過就是洗澡，我奉陪到底。」

聽我這麼斷言，久留里倒抽一口氣。

然後靜靜地拍手鼓掌。

「好，我們走吧！」

久留里緊緊抓住我伸直的手。

「小光，一起努力吧！」

「好！看我怎麼促進身體代謝，排出老廢物質，澈底恢復疲勞。」

「小光……好帥氣！」

這就透過完美的沐浴來證明我們之間是無可動搖的兄妹關係。

進到脫衣間的我，氣勢洶洶地隨著「喝！」的吆喝聲脫掉上衣。

「哇！我去拿毛巾，你先進去。」

「了解！」

久留里小跑步離開之後，我恢復了一點理智。

太好了。這樣就不用陷入在彼此面前脫衣服那種反常的狀況。看來怪物腦中的螺絲還沒有鬆到那種程度。不如說現在大概是我的螺絲才鬆掉了好幾個。

我逃避般進到浴室，像瀑布修行一樣沖澡。

由於稍微恢復理智的關係，腦中陷入一片混亂。

咦？我在幹嘛啊？

接下來要跟我一起洗澡的女人，這麼說來跟我沒有血緣關係。不是只有一半之類，而是由完全不同的爸媽所生。

換句話說，現在這是什麼狀況？

我要跟一個沒有血緣關係的異性全裸一起洗澡嗎？

拚了命左右搖頭拋開湧上的思緒。

不不不不。那是妹妹。毫無疑問是我的妹妹。用英文來說就是Sister。除此之外什麼都不是。我應該非常深刻地理解到所謂家人，即使沒有血緣關係，也是透過一同度過的日子所構成的才是。然而卻想著那種事情，我是垃圾嗎！人渣嗎！

在腦內把自己痛罵一頓之後，在適當的程度冷靜下來了。就此達到無我的境地。

沖好澡，大量投入會讓整個浴缸變成混濁乳白色的入浴劑，並全身泡進去。大概是放太多了，只見洗澡水變成像是牛奶一樣的顏色，但我覺得總比視野太過清晰還要好。

這時浴室外頭傳來一道聲響。

「小光……我可以進去了嗎？」

「…………可以了。」

「我很快沖一下澡喔！大概五分鐘……你不要看過來喔！」

從怪物的語氣可以聽出她還知道要感到害臊，也讓我非常放心。太好了。

不久後有種她要進入浴缸的感覺，然而我完全沒有朝她看去。

我的心眼依然透徹，專注地看著不屬於這世間的某個東西，澈底不去正視現實。

這時感受到洗澡水「唰——咚！」的波動，朝著眼前看去，只見久留里就在那裡。

我豁了出去直接看向她，幸好沒什麼問題。不但冉冉飄著熱氣，也只露出肩膀以上。雖然不知道哪裡沒問題但總之沒問題。我放心地呼出一口氣。

那是妹妹。

在脫衣間時，我覺得久留里變成一個沒有血緣關係的異性，不過像現在這樣正面仔細一看，她就是多年來熟悉的那個妹妹。

洗澡也沒什麼。真的一起洗澡之後她也就是妹妹。完全是妹妹。澈底是妹妹。我辦到跟妹妹一起洗澡這件事了。

儘管我的精神平靜得跟沒有一絲波瀾的水面一樣，久留里卻把身體深深泡進浴缸裡，還噗咕噗咕地呼出泡泡。

「妳這是怎樣？」

「感覺……比我想得還要害羞。」

臉從洗澡水中探出來的久留里這麼說完就朝我看過來。當我正面跟她對上視線之後，先是愣愣地注視了幾秒，她便露出回神的樣子，臉也漸漸染紅。

「不要一直看我啦。」

那打從一開始別說要做這種事不就好了……雖然這樣想，但要是講出口她就太可憐了。

久留里掬起洗澡水朝臉上拍去。然而當她抬起頭來，臉上的表情卻好像不太開心。

「唉……感覺有點冷靜下來了。我到底在幹嘛啊……」

所以說她要是早個幾分鐘讓情緒冷靜下來，就不會演變成現在這樣無法挽回的狀態……

「只是在洗澡吧？」

「小光……你豁出去之後就很強耶……太厲害了……我的哥哥是最強的……」

但她茫然盯著混濁水面的眼神還是帶著陰鬱，我總不能坐視不管。

「久留里……妳該不會有什麼煩惱吧？」

最近的久留里一直可說是撒嬌過頭了。或許是我太在意從爸媽口中得知的事實，滿腦子只想著一般兄妹的距離感，以至於沒能顧及她內心的狀況。

「與其說是煩惱……」

「嗯。」

「因為小光……」

「怎樣？」

「感覺對我很疏遠……讓我很寂寞。」

「………這樣啊。」

看她可憐兮兮的樣子讓我的心為之動容，不禁氣勢洶洶地將雙手放在久留里的肩上。

「別擔心！久留里！」

「哇、哇啊啊！小光！什麼？」

「我還是一樣愛著妳喔！」

我抓住她的肩膀前後搖晃起來，於是久留里連忙喊道：

「小、小光！不行！會看到胸部啦！」

「唔哇啊啊！抱歉，忘記了！我沒看到我沒看到！」

「竟、竟然忘了這麼重要的事嗎！」

由於完全找回身為哥哥的感覺，一個不小心就忘了。我可不能忘記現在正跟妹妹全裸泡澡中，得繃緊神經才行。

「欸，小光，原生家庭的家人……在各自結婚之後，就不是家人了吧。而且就算不是因為結婚，也會離開這個家。」

「就算結婚，就算離開這個家，家人還是家人。親情不會因此斷絕。」

「喔喔，人家都說血緣的莫耳濃度比放太多咖哩塊去煮的咖哩還更濃嘛。」

「沒有人這樣說……現在也不是在講莫耳濃度。」

如此回答的我聽到久留里的這番話還是嚇了一跳。我們沒有血緣關係。

「但是啊，既然大家最後都跟外人組成家庭，那不就代表比起血緣關係，結果還是外人比較強嗎……？離開家裡結婚的對象，是從人海中挑選出的唯一，也是往後要一起度過人生的對象……相對的，自己無法選擇生在怎樣的家庭，就某方面來說算是無可奈何才成為家人的吧。」

我靜靜聽著久留里悄聲說出的話。

「說不定頂多只有到國中生的年紀，才會覺得原生家庭的家人是特別的存在，那種只屬於孩提時期的寶物般的時間……並不是在某一天突然消失，而是漸漸淡去……搞不好回過神來才發現已經消失得無影無蹤。」

這時聽見淙淙的一道小小水聲。

突然間充斥著寂寞的心情，甚至產生了浴室的電燈變得昏暗的錯覺。

「……不，久留里，妳聽我說。不管有沒有選擇，還是有沒有血緣關係，這些都不會影響到家人的關係。」

「嗯。」

「假設妳養了一隻狗。牠雖然不是人類，但也是家人。」

雙眼泛起微微濕潤的久留里低下頭去，用模糊不清的聲音說著「……嗯」並點了點頭。

「最重要的是從開始養牠的當下便漸漸累積起來身為家人的關係。」

「嗯。」

「只是隨著年紀增長，與家人之間在相處上多少也會逐漸產生變化。」

「嗯……」

「家人間的距離感不是一直維持在跟兒時一樣，而是會變化成符合那個年紀的關係。就像愛情表現也會從抱在懷裡安撫，變成透過言語互相傳達對吧？」

「嗯。」

「我想說的是……即使是父母也不會去抱年紀超過二十歲的孩子。但對孩子的愛還是沒有改變。」

我舉的例子對久留里來說可能沒什麼說服力。

但為了久留里，為了我陷入消沉的妹妹。不僅如此，也為了說給我自己聽，所以拚命繼續說下去。

「我非常重視家人……當然久留里也是。」

「……嗯。」

我不斷說服她，久留里一邊聽一邊說著「嗯」、「嗯」的回應。

然而拚了命的說服也愈講愈久。指尖都泡到皺了起來，額頭也滲出汗水。

即使如此，不只是我……久留里應該也漸漸找回心中原本就存在的家人間的羈絆。

「……別擔心。我還是跟以前一樣愛妳。」

我跟久留里是在同一個家裡一起成長，無可取代的家人。

這在我的人生當中，是任何事物都難以取代的重要羈絆。

「……嗚哇～！……最喜歡小光了～！」

我伸出手制止極為感動的久留里用掀起波浪的氣勢，想要縮短我們之間的距離。

「等等！妳想幹嘛？」

「那還用說嗎……證明找回家族羈絆的擁抱……」

「我們現在全裸喔！」

「咦，現在是最感動的時刻耶……反正我們是兄妹，又沒差！」

這次換久留里的螺絲又鬆掉了。兩個全裸的男女抱在一起太糟糕了。也太顛覆常理。這樣實在不太妙。腦子裡感覺都要混亂至極。

「感覺開始有點泡暈了。我先出去。」

當我逃也似的直接站起身來的瞬間——

「咻咕……！」

久留里的方向好像傳來什麼奇怪的聲音。

「…………」

「…………」

她摀著嘴邊，睜大雙眼直直盯著一個地方。我沿著她的視線看去。

然後就看到我自己的胯下。

儘管用雙手摀著自己的臉，唯獨沒有遮著雙眼的久留里，露出來的耳朵跟額頭也都變得愈來愈紅。

我不禁確認了一眼自己的胯下。心懷極為認真的心情，自己的胯下也沒有產生任何奇怪的反應。應該是非常普通又正常的胯下。

然而看她露出大受打擊的表情也不禁讓我心生不安。

這時才回想起對女高中生來說，那東西的存在本身就可能會給人帶來不快。

對了。男性器官是露出來會被稱為色狼並遭到警察逮捕的東西。我一心只想著不要看到她的裸體，卻完全沒有留意自己會被她看到。打從一開始就沒有產生要一一去遮掩那種東西的念頭。

「……抱歉。是我不對。」

情急之下我只留下這麼一句話，就立刻遮住前方走出浴缸。不經意就莫名用了感覺很高高在上的語氣對她道歉，看來我也同樣混亂不已。

過了一陣子才從浴室出來的久留里，渾身無力地倒在客廳的地板上。

難道我真的害她看到令人如此意志消沉的東西嗎？這多多少少也讓我覺得有些打擊。

「妳沒事吧？那個，剛才……」

「感覺好像會夢到但沒事……」

「夢到……」

我大受打擊。身體的一個部位被當成惡夢看待。

「沒、沒有啦，我只是有點忘記而已……」

「忘記什麼……忘記我有那東西的事情嗎？」

「……對不起嘛。別這麼消沉啊。」

「我又沒有被雞沉！」

「你都說出來了……」

「不……剛才只是口誤而已。我沒被這種事擊沉。」

「不不不，反正是洗澡嘛。這也沒輸啦。而且泡太久都熱昏頭了……」

「……怎樣？」

只是熱昏頭而已嗎？我還以為自己的某個部位遭到詛咒了。

「小光我想喝麥茶～」

我拿加了冰塊的麥茶給她，並用扇子替她搧風。

久留里拿開蓋在臉上的毛巾，朝我的臉看了一眼。在一點一點變得愈來愈紅之後，又再次用毛巾把臉遮起來。

我則是已經忘光發生的事情，想著要拿手機確認一下有沒有媽媽捎來的聯絡。這時卻聽見久留里悄聲說著：

「有、有長毛呢……對吧！」

「對什麼對啊……妳還在想我的器官嗎！夠了！快消除那個記憶！」

「沒什麼。別、別在意。我也有長毛啊。」

「妳有長了啊……」

她在不知不覺間的成長讓我感到有點打擊。

「啊，但我應該算是稀疏的體質，而且也沒長腋毛……」

「不用講那麼詳細！」

「啊啊，也是呢。我還覺得很混亂……」

「無論如何，妳都要忘掉我的胯下堅強地活下去……」

「感覺會變成無法忘懷的回憶。」

「拜託不要講得好像什麼美好的記憶一樣。」

「……啊哈哈哈哈，沒關係啦。沒～關係……哈哈……雞……」

久留里說到後來愈顯無力，然後就斷在突然出現的莫名單詞上。

我也不是完全無法理解她的心情，但還真沒想到明明是她自己態度那麼強硬地要人一起洗澡，卻受到這麼大的打擊……難道是我的胯下異常驚人嗎……

我們一起被剛才帶來的衝擊擊沉倒在客廳地毯上，過了幾分鐘，久留里總算振作地站起身來。

「那麼，接下來就是！睡覺時間了！」

「……晚安。回妳自己房間。」

「今天要貫徹『兄妹相親相愛』的標語一起睡喔！」

「即刻起將標語改訂成『以常識為重』。都已經是高中生了耶……自己睡好嗎……而且那麼擠怎麼可能一起睡。」

「那就把枕頭跟毯子拿來客廳一起睡不就得了？反正無論是親子還是朋友，去住旅館的時候就算在同一個房間裡並排著睡也不奇怪。何況我們都住過賓館了，卻不能在家裡客廳一起睡也很奇怪。」

「照妳這樣講……也是啦。」

畢竟跟洗澡相比難易度大幅下降的關係，我還滿輕易就答應她了。

久留里開心地將枕頭併在一起，調整出一個睡覺的空間。阻止她不知為何想在枕邊放零食的舉動之後，便一起刷完牙回到客廳。

「那我關燈嘍～」

「好～」

兩人並肩睡在一起。

「有點非日常的感覺很棒耶！好像過夜的聚會一樣！」

「是啊，晚安。」

「小光！過夜的聚會就是要熬夜聊天啊！」

「我沒有朋友所以不知道什麼就是……」

「所以才要跟你說啊！哇啊！已經翻白眼了！好快！」

在緩緩踏入夢鄉的半睡半醒之間，我回想起之前的舊家。

現在我們住的這個家，是在四葉出生前改建的。

所以像是客廳、浴室跟廚房之類的地方，改建前後在樣貌上有很大的差異。如果沒看到照片，我已經快要回想不起來舊家的樣子，在腦海中早已泛黃。然而這時，忽然鮮明地回想起以前在一家四口圍繞在餐桌吃飯的光景。

媽媽將一盤盤冒著熱氣的菜餚端到餐桌，我則是想去幫她的忙。而久留里吃著吃著嘴裡的食物就掉了下來，爸爸便笑著替她擦乾淨。感覺明天都很遙遠，對於一天的長度在體感上也比現在還要久。我不記得這是什麼時候的事情，但就是平凡無奇的某日片段記憶。

或許是受到久留里在洗澡時說的話所影響吧。

不知不覺間失去了其實也沒有什麼特別的孩提時期的某一天，一旦察覺再也回不去，就會切身體認到已經身在距離那時很遙遠的地方。

我跟久留里都變了。

那個時候的久留里還會因為微不足道的兄妹吵架而生氣或大哭。

懂得溝通的現在，就再也不會一股腦兒地宣洩怒火或嚎啕大哭，卻也不會再因為一些沒意義的事情而笑個不停。唯獨自從懂事以來就一直覺得理所當然近在身邊的距離感，一直都沒有改變。

即使如此，只要再過個十年，現在一起生活的這個瞬間是不是也會變成泛黃的光景呢？

我正處在未來回憶的漩渦之中。

感慨著這些事情，逐漸踏入夢鄉。

＊久留里的心境流露

自從覺得小光的態度變得疏遠之後，我就過度想要奪回跟哥哥之間的親情。

至今不曾有過的拒絕。我自知有因為很討厭這樣而變得賭氣。

即使如此，小光還是承受住這樣的我心生的不安。而且他絲毫不嫌麻煩，並以自己的方式盡力替我抹去不安的感受，聽從我的任性還傳達了他對我的愛。

透過跟小光一起洗澡，讓我們重回親情的關係。

我也不是本來就想跟他一起洗澡。只是想要任性讓他傷腦筋。只是希望他搭理我而已。

雖然我說的事情他大多無法接受，但小光還是答應多少有些胡鬧的要求，為了我費心地認真傳達對我的愛。多虧如此，飢渴的心靈也恢復了。

心中那股只有哥哥可以填補的哥哥欲望得到補充。

小光真的是個非常溫柔，最棒的哥哥。

然而，就在我完全冷靜下來的瞬間，不小心看到了。

小光的胯下。

在看到的瞬間，內心直到上一刻還抱持充滿氣的情感氣球，就像打結的地方鬆開了一樣，在咻咻咻消氣的同時飛到遠方，好像有某種東西綻裂開來一樣。

直到剛才一點一點堆積起來的話語頓時全都忘了。

即使住在一起，近幾年來都沒看過的部位產生了一些改變，讓我頓持察覺除此之外他的胸部及腹部，還有平常都會看到的脖子跟手臂全都跟以前不一樣了。

在那瞬間，一股「我在全裸的狀態下究竟是在跟眼前的『異性』做什麼啊」的感覺襲上心頭。

那讓我感到——一股興奮的顫慄。

但冷靜下來想想，那種感覺滿變態的。

小光是我的哥哥。

天啊～救命救命。

然而無論是哪一件事情，說到頭來都是因為小光想跟我保持莫名其妙的距離，才會產生的錯覺。

小光跟我這對兄妹明明就是連彼此的界線都曖昧不清的親密家人，但因為小光想拉開距離的關係，讓我覺得像在跟一個獨立的個體相處而感到緊張。

小光明明只是我的哥哥，卻因為稍微拉開一點距離而讓我認清他是一個獨立個體，是不同於自己的另一個人，而且還是性別不同的一個異性。

總覺得最近的小光有種外人的感覺。這一定也是一點一點加強這種感受的主因。

可是我也覺得這樣的小光很新鮮，比起以前更有讓人想死纏不放的魅力。整理來說超喜歡。即使不是哥哥，我想自己還是會喜歡上小光吧。

此時小光正在身旁發出規律的鼾聲。不管怎麼樣他都很快就能睡著。

我一直盯著天花板，但無論過了多久都沒有想睡的感覺。

一個翻身接近到小光的身旁。輕輕戳了臉頰，不過他沒有做出任何反應。

小光睡得很熟。

於是我稍微掀開毯子，鑽進他的被窩裡跟他緊緊貼在一起。

感覺非常溫暖。

就跟之前一起去賓館時一樣貼在他身邊睡覺。總覺得好像和那時不太一樣。現在更讓我感覺像在做不應該的事情。

我知道自己現在難以自制地感到怦然心動。

當那狂跳不已的心到達極限的時候，我不禁滾回自己原本的空間，但還是因為覺得寂寞而再次回到小光身旁。

我將耳朵貼上小光的胸膛，聽著他規律的心跳聲。

他活著……也太令人感激不盡了吧……

小光這個哥哥的存在讓我感到相當慶幸，也憐愛不已。

感覺都快哭出來了。

這時，我產生一個強烈的想法。

如果我跟小光沒有血緣關係就好了。

我們要是沒有血緣關係，不管要用上怎樣的手段我都要跟最喜歡的小光結婚。然後，就會一直都是他的家人。我想一直跟小光……一直跟哥哥維持家人關係。不想離開他，也不想把他交給任何人。

儘管沒有經驗，但說不定喜歡上一個人就是這種感覺。

總覺得這跟戀愛情感十分相似卻又有點不同，也讓我覺得這是更加龐大又沉重的情感。

第七章 兄妹與外面的世界

星期五。放學後我被輔導老師叫過去。

「咦？會長，你現在才要回家嗎？」

當我回到座位上整理東西準備回家時，七尾這麼對我搭話。

七尾一開始還對我保持無謂客氣的態度，但最近常找我說話。會因為跟久留里無關的事情找我說話的人，大概只有七尾而已。我在各方面也暗自尊敬著七尾，跟我相處時他能變得這麼輕鬆讓我感到很開心。

「我剛才被輔導室的木村老師叫去。」

「咦，全校最認真的會長嗎？」

「因為妹妹的事……被指導了一下。」

「喔喔～畢竟你妹妹……很有活力嘛。」

久留里並沒有特別做出什麼反社會傾向的事情，也不是不良少女，但確實散發出可能會變成那樣的氣質。而且也因為引人注目，對其他學生的影響力、感染力有點強。這種感覺好像讓部分老師抱有危機感，常常要我私底下多注意一點。

然而不用他人特地給出忠告，我也認為好好監督妹妹不讓她走上歪路，是我這個身為家人同時也是哥哥的職責。

「你要回去了嗎？」

「啊，我等一下要去參加社團活動。」

笑著如此說道的七尾感覺心情很好，也很開心的樣子。

「……熱音社這麼有趣嗎？」

「啊，對啊。我的音樂類型比較特殊，因此在社團內幾乎沒有朋友……但有個崇拜的帥氣學姊喔。」

「哦……」

然後七尾開始滔滔說起那個學姊有多麼出色。

時逢春天。七尾一入學馬上加入早就決定好的熱音社。

然而一進到社辦，只見裡面全是一群嗨咖社員，七尾便獨自坐在角落。被一群個性陽光的傢伙們包圍讓他感到坐立難安，甚至已經產生退社的念頭。

這時，伴隨著「砰」的開門聲，視線朝那裡看去。

進來的是一位三年級學姊。

留著一頭黑色長髮，眉毛修得非常非常細。眼尾上鉤目光銳利又有著碩大胸部的她，散發惡魔般的氛圍。

其他社員們紛紛發出「嗨～」、「安安～」這類的招呼，她卻完全不朝那邊看一眼，只是冷哼一聲，一屁股坐在椅子上之後便翹起一雙長腿。撩起頭髮的她，散發宛如手中還夾著一根菸的氛圍。

然後，無意間與坐在視線前方的七尾對上眼。

她便向睜大雙眼注視過來的七尾問道：

「所以說……你喜歡哪種金屬？」

「……什麼？哪、哪種金屬……是指？」

「死亡金屬、重金屬、新金屬、鞭擊金屬什麼的，有很多種吧……所以是哪種？」

「……我喜歡的是民謠。」

「啊？難以置信……那個……不是金屬樂耶。」

學姊一臉愕然地大嘆一口氣，接著朝那群僵在原地的嗨咖問道：

「喂！你們這群傢伙當中有誰聽金屬樂的！給我舉手！」

結果沒有任何人舉手。

「喂喂，全是一群膽小鬼！去聽金屬樂啊，金屬樂！那我今年豈不是也組不了樂團！」

她讓那群嗨咖退避三舍，所有人都陷入沉默後，拿起尖角吉他開始彈奏起爆音。

這時七尾察覺這個人在社團中也是極為格格不入。同時受到她完全不在乎這種事，並逕自沉浸在自己喜歡的音樂之中的身影給強烈吸引。

這讓我不禁感慨人會落入情網的契機還真是千差萬別。

要去參加社團活動的七尾跟正要回家的我邊聊著天邊走出教室，並走到挑高大廳中二樓柵欄的前方。

「沒有人比她還更直接又帥氣了。我在那之前都很懶得來學校，也曾後悔過不該加入這種只有陽光型的人才能玩得很開心的社團。但世界真的為之一變……呃，啊啊！」

七尾這時突然大喊一聲，就從柵欄邊探出身子，注視著一個在一樓的女學生。

一頭黑色長髮，容貌銳利的巨乳女學生抬頭一看到七尾就瞪大了雙眼。

「鬼馬馬學姊……！噗喔！」

一個書包直接朝著七尾的臉飛了過來。然後直接走上二樓的那個女學生動作俐落地回收了書包。

「嘖……又是你啊！陰沉死了！不要靠近我！」

雖然是個美人，還真是個狂野的學姊。

「鬼馬馬學姊……！」

七尾在學姊錯身而過之後，也一直目送著她離去的背影。

「她就是你剛才說的……」

「對！鬼八馬萌香學姊，俗稱鬼馬馬學姊！啊，學姊不管對誰都是那種感覺，所以我不是被她討厭喔！她之前還把吃完的麵包包裝袋給我！」

「是、是喔……」

那應該只是把垃圾丟給你吧……為什麼會樂成這樣？這讓我微微感受到一股執念。

照這樣看來七尾的戀情前途多舛，但我行我素的七尾開心說道：

「就算不能跟一大群人開心地聚在一起……就算不曉得大家最喜歡的當紅直播主……就算有時自己喜歡的東西會被人瞧不起，卻還是一心一意地追求並深愛著足以撼動自己心臟的東西，學姊親自體現了這樣才是最精采的人生！」

總覺得後半的那番話有種莫名過時的感覺，不過開心地談論自己喜歡的人時，七尾的雙眼也散發著光輝。

「會長，你有在享受青春嗎？」

「咦？我嗎？」

「對啊。」

「……我……享受……青春？」

說真的，我從來沒有認真想過這件事。總覺得自己跟青春完全搭不起來。

我確實覺得為了將來必須認真念書，也要做好自己肩負的職責，但從來沒想過要特別提升自己的校園生活。

「會長，你總是緊緊皺著眉頭將各種責任攬在自己身上，感覺就像個快撐不下去的聚落村長一樣，責任感未免太強了吧……我覺得會長可以再好好享受一下青春啊。」

沒有人對我說過這種話，因此稍微沉思了一下。

「青春啊……七尾，青春……要怎麼享受啊？」

「啊，從這個階段開始啊。會長……我看你是個對青春一竅不通的人呢……這個嘛，以最普遍的方法來說，既然會長滿受歡迎的，總之先交個女朋友，如此一來校園生活與人生也會一口氣變成駛向春天的青春特快車吧。」

「那種很像你喜歡的民謠歌曲般的電車是怎樣……我從來不覺得自己受歡迎啊……」

「在會長的妹妹入學之後，大家對你的印象也有所改變，好像從一年級的時候開始就有女生是你的隱性粉絲，我也常聽到有人在談論喔。」

「即使如此……說真的，我不太感興趣。」

「你的意思是對戀愛不感興趣嗎？」

「嗯。我不覺得現在的自己必須談戀愛。」

確實是有點想交朋友。但談戀愛感覺會消耗許多心神，我也不想為了面子跟好奇心而去交女朋友。現代日本存在各式各樣的興趣及娛樂，多的是其他有趣的事情。更何況我現在已經被妹妹耍得團團轉了，誰還要自己去找另外一個人來把自己耍得團團轉，又不是瘋了。

「最近這樣想的人也很多，我不覺得這樣有哪裡不好啦……」

「……話說回來，除了談戀愛之外，享受青春的傢伙都在做些什麼啊？」

「大多應該都是從事某種運動或是參加社團，不過也沒有侷限於這些選擇。年輕人只要把過多的朝氣一心傾注在喜歡的事情上，隨心所欲去做就好了！」

「喜歡的……事情啊……」

「順帶一提，會長在做什麼事情的時候會產生滿足感呢？」

七尾感覺就像在做某種訪談一樣問道。

「這個嘛。為了家人……像是幫忙做家事或帶小孩之類的時候……」

我看向七尾的臉，只見他出神地望向遠方。這讓我回過神來睜大雙眼。

「難、難不成……我其實……不適合享受青春……？」

「沒、沒這回事，會長只是有點太認真，責任感太強烈而已！你要再更忠實於自我的欲望！有時也要頑固地耍任性！會長的青春肯定也在某個地方！」

青春。我的青春在哪裡啊？

「有沒有什麼事情能讓你埋首到忘記其他一切呢？」

考量到要去道場的時間、幫忙家事的時間，以及偷偷畫圖的時間，我就不想加入社團活動了。畫圖這件事本身是讓人很開心沒錯，但那對自己來說是為了逃避及宣洩，比較接近一種療癒。我完全沒有想要更仔細鑽研到以職業插畫家為目標，也沒有想在這塊領域上受到更多矚目。

我會一直繃緊神經想著要在爸媽光是工作就忙不過來的時候幫忙才行。儘管感覺不會讓人太擔心，自己依然總是很擔心四葉。

「……但是……我還有個妹妹要顧啊……」

更重要的是久留里。我必須好好顧著別讓她失控，也得建立新的距離感才行。關於這點我一直在思考並摸索一個恰當的形式。

我不太能理解放著有問題的家人不管，只顧自己埋首於某件事情的行為，而且也不覺得自己能夠辦到。

「嗯——是沒錯啦……會長。請你看看那邊。」

如此說道的七尾伸手指著換鞋區的前面，隨之看去只見幾個跟我同班的學生，正圍在久留里身邊。

「那是在做什麼……」

擔心會不會是因為她太囂張而被二年級學生教訓而瞪大了雙眼。

然而仔細一看就會發現並沒有那種感覺。

以久留里為中心的那群人當中有男有女，而且不見任何帶有攻擊性的氣氛，只是和樂融融地談笑風生。明明是我的同班同學，她跟大家卻更顯得處得來。

「……你妹妹的社交能力真厲害呢。」

「從以前就是這樣。可是她沒什麼耐性，總是會替她捏把冷汗，所以無法坐視不管。」

「是嗎？她看起來不像會出什麼差錯的樣子耶。」

「真的嗎？她就連面對學長姊時講話都很不客氣耶。」

「嗯——像你妹妹這樣受人矚目的類型，即使樹敵也不奇怪啦……但該怎麼說呢。以你妹妹的狀況來看，不如說沒那麼恭敬的態度反而讓其他人覺得比較開心吧。而且……你看。現在她跟看起來很受歡迎的男生之間若無其事地保持適當的距離，而且以自己為中心在跟所有人聊天的時候，目光也是主要看著女生。然而不分男女都會仔細聽大家講話或是隨著話題發笑對吧。不知道她是下意識還是刻意這麼做的，但我覺得她很擅於讓人際關係維持在不會讓同性對自己抱持敵意的平衡點上喔。」

「哦……」

我一邊聽著七尾順暢又語速很快的解說，並同時看著久留里，確實覺得她有採取這樣的行動。

「我想說的是……就我看來，你的妹妹是個很可靠的人。甚至覺得是會長跟老師擔心過頭了。」

「是這樣嗎……」

即使如此，身為家人的我還是會不禁顧著一舉一動都令人擔心的妹妹。

*　　　*

「哎呀，入鹿同學，你現在才要回去嗎？」

當我正在換鞋準備回家時，剛好碰上渡瀨。

「久留里呢？」

「她好像要去社團。」

「是喔，掰掰。」

渡瀨的長髮隨風飄逸，她雖然立刻朝著出口走去，但又突然停下腳步。

「對了。入鹿同學，那個……」

「咦？」

渾身散發出莫名緊張感的渡瀨瞪了過來，不禁讓我有點退縮。她看起來……好像在生氣的樣子，但我不記得自己有惹到她。

「要、要不要一起走到車站？」

「……喔喔，嗯。」

原來是這樣。還以為怎麼了，這下子也放心下來跟渡瀨一起走出校門。

「對、對不起喔，突然這樣問你。我在學校沒幾個可以自然講話的對象……所以有點想聊聊。」

「不，我也是這樣。這不是什麼要道歉的事。」

明明只是碰巧在相同的時間要回家並一起走到車站而已，渡瀨看起來卻相當畏縮。這讓我覺得有點意外，但仔細想想至今確實沒有看過渡瀨在教室裡跟像是朋友一樣的人自在聊天的樣子。

「太好了……」

我朝著喃喃這麼說的渡瀨看了一眼，她雖然露出鬆了一口氣的表情，一看到我又連忙開口：

「總覺得平常神經一直繃得很緊……偶爾也會想放鬆一下吧！要、要不要去喝杯茶？」

渡瀨一股勁地伸手指向不遠處一間連鎖咖啡廳這麼說。

我又嚇了一跳看向渡瀨。

她維持伸手指示的動作，就像被按下暫停鍵一樣僵在原地。

「……好啊，走吧。」

我如此回答，她才總算有了點動作。今天的渡瀨感覺有點奇怪。

後來我們抵達咖啡廳並進入店內各自點餐。

「要坐哪裡呢？」

渡瀨這麼一問，我不知為何感到有點緊張。

平常從來沒有在意過要坐在哪裡這種問題。即使現在身邊的人是七尾之類的同性友人，我也不會在意吧。

然而一旁渡瀨的臉頰卻不知為何緊張泛紅，讓我體認到她比平常更女性化的一面，這麼問也像在試探一樣使我思索起來。

如果隔壁坐著一群大聲聊天的人會讓我們聽不太清楚彼此的聲音，所以避開比較好。坐在窗邊感覺西曬太刺眼而且好像很熱。但燈光太昏暗的座位也有點……考慮到最後還是決定坐在角落。

當我們面對面坐下之後，渡瀨理所當然地坐在我的眼前。

在咖啡廳裡，有個女生坐在我面前。

進來之前並沒有多想，這時突然發現這其實是個很不得了的狀況。

彼此之間稍微陷入沉默，我連忙思索要找什麼話題。

畢竟都進到店內，不聊點什麼就太尷尬了。雖然很少在意過這種事，但以我們這個年紀來說，還是會對異性同學有些顧慮。

渡瀨這樣看起來果真是個美人。一頭帶有光澤的長髮，以及那雙秀麗的眼睛，看起來就是一副標準優等生的模樣。再加上今天的渡瀨莫名寡言。讓人可以感受到難以親近的神祕感，更讓我無謂地湧現焦急的心情。自己平常都是怎麼跟這個人聊天的？但這樣一想才發現我根本沒有那麼頻繁跟她聊天。

從來沒有像這樣跟一位女性單獨進到店裡。

能隨隨便便做到這種事情而且性別是女性的人頂多只有久留里。我跟久留里一起進到一間店的時候才不會思考要坐在哪裡。也不會想要找什麼話題。

畢竟是妹妹，我當然懂她到沒必要費心顧慮。不，幹嘛只因為性別是女性就拿來跟妹妹相比？沒必要這樣做。外人跟家人不一樣，有所顧慮也是理所當然。

「我……其實啊……」

渡瀨鄭重其事地這麼說讓我感到很緊張。眼前的她臉頰微微泛紅，雖然看過來的眼神像在瞪視一樣，但那雙眼睛感覺有點濕潤。難道渡瀨喜歡我嗎？一想到這個可能性，我不禁屏息以待。

「其實……我有事想找你商量。」

「…………………商量？」

什麼嘛，是要商量啊。不不不，那還用說嗎？一瞬間還產生對方搞不好喜歡自己這種自以為是的念頭實在太丟臉了。而且也對渡瀨感到相當抱歉。

「我啊…………想交朋友。」

「朋友？咦？妳想交朋友？我一直以為妳是個不交朋友主義的人……」

「我是刻意給別人這種印象的。不然也太可憐了吧。但自尊心這麼高反而會更交不到朋友吧。對方總是會有點畏縮。」

渡瀨垂下長長的睫毛，有點自嘲地這麼說。

「我家有兩個弟弟跟妹妹，說不定是因為從小就要站在大姊的立場管好他們，所以在外面也不經意地表現出高高在上的樣子。」

「……咦？」

她是姊姊。

原來渡瀨是姊姊角色啊。這麼說來看起來確實有點姊姊的風範。

平常散發的壓迫感，應該也很像是身為大姊的感覺吧。一旦注意到這點，就讓我覺得更加緊張。

店內剛剛好的嘈雜聲，在音量不大的背景音樂幫助下，讓人不會聽到其他客人所交談的內容。渡瀨稍微沉默了一下，因此我只是呆然地看著身邊其他人講話時的表情。

「我從一年級的時候開始……就覺得你跟我有點相似，所以忍不住關注著你。」

「呃，嗯。」

「而且，那個……你的個性也跟我一樣認真……我想說價值觀應該滿接近的。」

渡瀨沒什麼注意自己杯中的狀況，用吸管猛力地吸了一口幾乎只剩下冰塊的冰咖啡。

頓時發出「啾波波波」的聲音。

渡瀨像是覺得自己出糗一般發出「咿！」的輕聲哀號，紅著一張臉感覺很害羞地低下頭去。

「也就是說……想跟我當朋友？」

「就、就是……這樣……我想說可以的話……」

原來如此。看來她好像沒有其他可以成為朋友的人選了。

但是要怎麼交朋友啊？更何況對象還是渡瀨。我完全想像不到她休閒時會玩些什麼。不知為何，在腦海中浮現與渡瀨兩人一起撿樹枝並騎著腳踏車的光景，於是微微搖頭否定。沒這回事。我們都已經是高中生。然而現在街頭巷尾的高中生平常都跟朋友聚在一起玩什麼？

我完全不知道。

見到我沉默下來，渡瀨以感到焦急的聲音說道：

「你不想嗎？那也是……沒關係啦……」

「不，我當然很樂意。請多指教。」

「謝、謝謝！」

渡瀨臉上不斷冒出冷汗，最後才總算像是冷靜下來一樣大嘆一口氣，並拿出繡有漂亮蕾絲的手帕拭汗。

眼見渡瀨從緊張的情緒中稍微放鬆下來，我也跟著呼出一口氣。

「這麼說來，入鹿，聽說你剛才被木村老師叫去嗎？」

「喔喔，是因為久留里的事情。」

渡瀨想了一下之後說：

「那個，我是這樣想的啦……為了你自己，也為了久留里，是不是再稍微遠離家人一點比較好呢？」

「這是……什麼意思？」

簡直就像看穿我最近感到困惑的心思，渡瀨這番話讓我有點嚇了一跳。

「這只是我個人的一點看法啦，久留里平常那個樣子還滿可靠的，但只要一牽扯到入鹿就會完全拋開束縛的感覺耶。所以你們兄妹間如果保持一點距離，她是不是會表現得更穩重一點呢？」

「只要……有我在……」

渡瀨意料之外的這番話讓我受到不小的衝擊。

而且聽她這麼說，我也確實心裡有數。

當我跟她沒有在同一間學校，像是久留里念小六跟國三的時候，她一整年都沒有引發多大的問題。在我畢業之後說過要是發生什麼事情就會聯絡我的老師及學弟妹們也都告訴我，久留里完全沒跟任何人起爭執，也沒有做出荒唐的行動，校園生活完全沒有任何問題。

在沒有我的學校裡，久留里表現得很認真。如果沒有我，她就不會引發任何問題。天啊。

妹妹之所以會是個這麼令人傷腦筋的人，原因或許就出在我身上。

那傢伙搞不好是因為想撒嬌而故意讓我照顧她，藉此塑造出久留里「厲害的哥哥」這樣的形象。也很有可能是因此才會變成一個愈來愈自由奔放的人。

我一直以為規勸久留里並照顧她，就是我這個身為家人，同時也是做哥哥的職責。但說不定其實這樣照顧她，對久留里來說只會帶來負面影響。

就在這時，突然察覺到一件事。

自從進入高中就讀便一直被敬而遠之地孤立的我，在久留里入學之後，其他人都明顯變得能更自然地與我相處。說不定當我在念國小、國中的時候，也都是透過勸戒妹妹引發問題的行動，並作為替她善後的人得到屬於自己的立場。

我一直都以為是自己在照顧久留里，實際上卻是個如果沒有久留里，就沒辦法好好融入學校的那種人。就結果來說，反而是久留里在關照我。我就此從受到家人的仰賴之中得到喜悅，並透過照顧家人得以保持自我。

最近一直對於久留里太過靠近的距離感到無能為力，但說不定只有我一直以來都下意識依賴讓家人依靠的立場。

渡瀨對著因為沉思而陷入沉默的我說：

「所以……該怎麼說呢，就是……所以說啊，入鹿同學……」

渡瀨端正姿勢並清了清嗓子說：

「明天……要不要去看電影？親戚有多的電影票，說要給我跟朋友一起去看……我就想說，你是不是也需要跟家人以外的……朋友，一起去放鬆一下？」

「……也許是呢。」

我抬起頭來重重點了點頭。

與七尾聊過之後，我也覺得自己有點過度把生活重心擺在家人身上了。既然我對家人的依賴並不是好事，就應該要讓自己的世界變得更寬廣才行。而且只要交到朋友，說不定也能更加拓展對外的視野。

「好啊，我跟妳一起去。」

渡瀨在非常好的時機對我提出邀約。

「渡瀨……謝謝妳。也許真的就像妳說的那樣。」

「唔，嗯？」

「我會再多想想……關於自己的人生。」

「人……人生？我有說了格局這麼大的事嗎……」

走出咖啡廳就能看到車站了。渡瀨跟我要搭的分別是反方向的路線。進入剪票口之後就與彼此道別。

「入鹿同學，今天真的很謝謝你。有你陪我商量真是太好了。」

渡瀨對我低頭致謝。

「我才是，謝謝妳。」

「呵呵……幸好學校裡有像你這樣的人。」

這麼說道的渡瀨揚起淺淺的笑容。

不像平常那樣一本正經的表情，也不是常看到她生氣的樣子。沒想到這個人會露出這樣的表情，讓我有點訝異。

渡瀨是個好人。

之前不太了解她，還認為她肯定是個個性孤高的人，但其實相當拚命又笨拙。

回家路上，不禁回想起渡瀨吸著只剩下冰塊的玻璃杯中的吸管，發出「啾波波波」的聲音那件事。那時渡瀨覺得很難為情。

我時不時就回想起那幅光景。為什麼會像這樣令人莫名感到印象深刻呢？

當時一看到她的反應，便產生了「啊啊，這個人是外人啊」的想法。

對於只跟家人這樣與朋友有點不同，距離感太過靠近的人相處的我來說，這是一種十分新鮮的感覺。

＊　＊

回家之後立刻進到客廳，就看見久留里站在冰箱前。

她嘴裡叼著某個東西，正吃得津津有味。看到她的臉我才發現直到剛才自己都維持著一點緊張感，也不知為何鬆了口氣。這是看見熟悉的家人所帶來的安心感。

久留里把嘴裡咀嚼的東西吞下去之後，便對我說聲：「小光，你回來啦。」

「我回來了。四葉呢？」

「剛才看了一下，她在自己房間睡午覺喔。」

「這樣啊……真會睡耶。」

「四葉總是走到哪裡睡到哪裡嘛。啊，爸爸跟媽媽都還在工作。」

「是喔。」

「啊，對了。小光，明天可以陪我去買東西嗎？」

「明天啊。明天我有事。」

「你要去哪裡嗎？」

「要跟渡瀨去看電影。」

這麼說完的瞬間，眼前的久留里立刻氣勢洶洶地喊道：

「咦咦咦咦咦咦咦！你、你們兩個嗎？為什麼！」

「對啊。我也是會跟朋友出去玩。」

「說是朋友，但她是女生耶！小光在跟那個人交往嗎？」

「並不是那樣。我們只是朋友。」

她應該是覺得個性跟自己相近的我比較好攀談吧。實際上我也一時誤以為她對我抱持好感，並覺得那樣想的自己很難為情，因此這點我明確地否定了。

「呃，我就沒什麼朋友啊……但我覺得不能一直跟家人待在一起，還是要一點一點向外拓展自己的視野才行。」

「什麼意思……沒必要勉強自己那樣做吧？朋友就是會自然而然變好的關係啊。」

「也有人辦不到那種事。」

「……那小光要去照顧那個人嗎？」

「也不是要照顧的關係……只是身為友人……」

眼見久留里站起身來，感覺背後還湧現熊熊怒火。

「不要不要！我絕對不承認這種事情！絕對不行！如果要出門我也要跟著去！」

以前的我說不定真的會帶她一起去。但為了讓自己向外拓展視野並拉開兄妹間的距離，這麼做不太好。說穿了，像這樣隨便就帶著妹妹同行這件事情本身，或許也包含在我們兄妹關係的異常表現之中。

我們兄妹倆在拖累彼此。果然還是應該要保持一段距離。

「不行。」

「為什麼？你就這麼想跟她兩人獨處嗎？」

「並不是這樣，只不過擅自多帶一個人去參加約好的行程有違禮儀吧？」

「不要！我才不管那種事！」

「久留里，之前就很想跟妳說了……」

「怎……怎樣？」

我認真的語氣讓久留里露出困惑的表情看了過來。

於是我將一直放在心上，但都沒有明確告訴她的話說出口。

「久留里，我們之間的距離感有點異常……妳該從哥哥身邊獨立了。」

久留里睜大雙眼開口：

「……什、什麼意思……」

她的臉漸漸地紅了起來，肩膀更是微微顫抖。

久留里吸了一大口氣。然後大聲喊道：

「我絕──對不要！離開哥哥身邊也太超乎常軌，正常的妹妹都不會這樣做好嗎！要我離開哥哥身邊還不如去死！」

「我就是在說妳這樣的想法太異常了。」

「管他什麼普通，什麼常識，真的全都無所謂！偏偏你又像個笨蛋一樣只會在意這種事情！小光這個笨蛋！哥哥明明……就是哥哥啊！」

久留里歇斯底里地喊著，並衝上前來緊緊揪住我。由於體格上的差異，我要是太過頑強地抵抗說不定會害她受傷。於是只能忍受下來，任憑久留里壓到我身上。

跨坐在我肚子上的久留里淚濕雙眼，氣到連耳根子都紅了。

「小光這個笨蛋……笨蛋笨蛋！你為什麼突然要說這種話……」

情緒太過激動的久留里抽噎地哭著，大顆的淚珠也接連落下。

我等她稍微冷靜一點。

「久留里，我又不是要斷絕兄妹關係。只是想讓異常的兄妹關係變得普通一點。」

久留里在我肚子上抽噎了一下子，最後才抑制著情緒說：

「……什、什麼叫普通？」

「普通就是普通啊。普通的兄妹會維持適當的距離感，不會過度黏在一起……也不會依賴對方。」

「小光所在意的普通……結果也是在顧面子啊。」

「並不是。」

「明明就是。我覺得沒有任何事情是小時候可以……長大之後就會變成不行。那種想法太狹隘，也很奇怪。」

「一點都不奇怪。之前我也說過了吧。隨著年紀增長……即使是家人，人際關係也會跟著漸漸改變……一直維持在小時候的距離感這件事本身就很異常。」

「所以你說的普通，到底跟面子有哪裡不一樣？」

吸著鼻子啜泣的久留里斷斷續續地說：

「小光一定……沒有被人在背後說過……只有我是從孤兒院撿回來的小孩之類……是媽媽外遇的私生子什麼的……這種壞話吧。」

「……有人對妳這樣說過嗎？」

「那、那個時候，我……我覺得無論那些一點也不了解我們家的外人怎麼想都無所謂。只覺得他們去吃屎算了！我……以為無論別人怎麼說，自己跟最重視的家人之間都不會有任何改變……！」

「…………」

我看著久留里，無法給出任何回應。她的臉頰上還留著眼淚滑過的痕跡，但已經沒在哭泣。一雙大眼睛以及有如人偶端正過頭的臉蛋，不像平常那樣嬉鬧似的笑著，就會讓人覺得是有點遙遠的存在。

「……但是，算了。我知道了。」

久留里用低沉的語氣緩緩擠出這句話之後，站起身來。

「妳說知道了，是什麼……」

「你想跟我保持距離吧。既然小光想這麼做，那好啊。就照你所期望的當個『普通的兄妹』。我再也不會做出需要你照顧的事了。」

她用衣袖擦拭眼睛就要走出去，我連忙對著她的背影喊道：

「久留里，妳要去哪裡？」

「……跟小光又沒關係！」

看到她無力彎著的背，想上前挽留的心情不斷湧上。我強忍下這樣的情緒，朝著下方緊緊握住拳頭。

「我才不管小光！」

久留里拋下這句話就走出客廳。不久後，玄關傳來「喀嚓」關上的聲響，屋內也恢復一片寂靜。

我不禁將最近一直在想的事情對她發洩出來了。

久留里能夠好好理解嗎？往後要是變得莫名疏遠也不是出自我的本意。不，會讓她覺得莫名疏遠的距離，想必就是我所期盼的適當的兄妹關係。

不同於傳達出該對她說的話所帶來的成就感，心中反而湧上一絲寂寞。

我口中的普通確實就是外在的看法。

畢竟普通跟常識這種東西就是只會建立於狹小的範圍及共同認知當中。換作是別的國家或其他時代，又會有不一樣的看法。

如果這世上只有我們這一家人，那就不存在什麼普通跟異常。因為我們家就是基準。

喜歡就是喜歡。討厭就是討厭。有想做的事情就去做，討厭的事情就不做。看在自我內心這般喜好分明的久留里眼中，我的想法或許太過侷促了。

即使如此，我依然是個不把自己強塞進那個狹隘的規範內就無法順遂過活的人。正因為有規範與常識存在，我才能將自己塞進去，並堂堂正正地說自己是個正經的人。

我是個如果沒有規律跟規範構成的框架，很容易就會脫離正軌的人。總覺得自己的本質一點都不正常。害怕自己抱持著遺傳自根本不知道長相的親生父親的人渣本質。也對於自己沒辦法當個正經的人感到很害怕。

所以才總是在追求「正確」的事情。

我是不是將自己這樣的想法強行加諸在久留里身上了呢？

我很少跟久留里吵架。這是睽違好幾年的兄妹吵架。

即使如此，久留里算是會很快轉換想法的人，因此以為只要過一陣子她就會回來了。

然而，晚餐前媽媽卻說：

「小久說她今天要住朋友家。」

「咦……是、是喔。是說，朋友是指誰？」

「我不知道。她沒寫這麼多耶～問她什麼時候會回來也沒有回覆。」

＊　　＊

到了隔天星期六的早上，打電話給久留里也只聽見『您撥的電話未開機，或是位處收訊不良……』這樣的語音通知。

雖然有點心生不安，我又換了個想法。

久留里已經是個高中生。她有先聯絡媽媽，而且以她的年紀來說外宿一晚也不是什麼太嚴重的事。

今天是跟渡瀨約好的日子。我要重新審視自己的人生。

與我保持距離的久留里，想必會變成一個乖孩子。

「小光，我聯絡不到小久耶……不知道她什麼時候會回來呢？」

「咦？」

「你有聽她說什麼嗎？」

「沒有……」

「該不會是離家出走了吧？」

媽媽隨口說出的話語讓我僵在原地。

離家出走。

我從來沒有想過這個可能性。聽媽媽這樣講，很難用一時鬧脾氣帶過。

如果久留里其實受到比想像中還要更大的打擊……

那時在我心中充斥著難以言喻的不祥預感。

雖然覺得那個愛撒嬌又成天嬉鬧的久留里，只要離開我身邊就會變得比較認真，但真的是這樣嗎？是不是也有可能往別的方向發展呢？

久留里的個性帶有可能會誤入歧途的奔放及危險的一面。因為一天的外宿，導致她反覆不回家，每天晚上都在外面跟一群品行不良的傢伙混在一起的未來預想，就像一大片烏雲一樣盤踞在我的腦海中。

一種狀況比自己預想中的還要更糟糕的感覺襲上心頭。

「她真的沒事嗎？」

「咦？沒事吧。只不過是在外面住個一晚……小光，你保護過頭了。」

媽媽笑著搖了搖頭。

「……其實她昨天是在跟我吵架之後離開的。」

「咦……是喔？她跟小光吵架？也太難得了吧？最喜歡小光的小久竟然會氣到離家出走……你跟她說了什麼？」

媽媽後來講的話我幾乎沒有聽進去。

過度保護久留里，才會給那傢伙帶來負面影響。只是外宿一晚而已，沒什麼好擔心的。就是這種地方才叫異常。我要重新審視自己的人生。要向外拓展視野，思考人生的……

於是聯絡渡瀨，取消今天的約定。

「我去叫爸爸起來。」

把爸爸叫來之後，也讓在電視機前看影片的四葉一起坐到餐廳的餐桌前。

「其實……久留里離家出走了。」

「光、光雪……那該不會是因為……」

爸爸似乎是在擔心久留里可能是得知了那件事。但我在四葉面前也無法正面回應。只能默默地搖搖頭。

媽媽朝四葉瞥了一眼，並語氣強烈地說著「四郎」向爸爸告誡一聲，他這才回過神來。

「我等一下要去找她，你們知道她可能會去哪裡嗎？」

這時傳來「咚！」的一聲巨響，只見爸爸一頭就敲在桌子上。

「等、等等，四郎！」

「爸爸……！」

「怎麼辦……去借用警犬好了……」

「四郎！你認真點！」

「不，我相當認真。警犬的嗅覺是人類的幾千倍，不但聰明，很能忍耐又沉著，戒心更是一流，既溫柔又強悍……從出生六個月後就開始接受嚴格的訓練……」

從來沒有見過平常鮮少陷入混亂的爸爸這麼動搖的樣子。他從中途開始就只是在說警犬有多優秀而已。我跟媽媽對上眼，取得了無言的共識。

「我們分頭找吧。爸爸，你可以開車去車站附近找看看嗎？」

「唔，我知道了。」

「我先跟外婆家聯絡一下，然後就跟四葉到附近去找她。小光呢？」

「我去學校跟久留里的朋友那邊找找看。」

即使如此，久留里的交友關係無謂地廣泛。多得是我沒有掌握到的人。

總之，只能透過久留里有在使用的社群平台，從外頭可以觀測到的事情一一做確認。

＊久留里的悲傷

六月尾聲。雖然是經常下雨的時期，但這天是萬里無雲的好天氣。

老家這附近第二大的神社，現在正在舉辦例大祭。

美波的爸媽、祖父母跟親戚都來了，住在舉辦儀式附近一些喜歡神轎的人前來抬神轎，攤商與商店街的人也都紛紛前來擺攤。

我身上穿著紅色褶裙。也就是所謂的打工巫女。身旁的美波也把一頭長髮綁起來，跟我穿著相同的服裝。

打工的工作內容是幫忙販售詩籤與護身符之類的東西。平常只有一個人負責就夠了，但今天人手愈多愈好。整個神社確實熱鬧非凡。

當我茫然地抬起頭來時，只見美波啪嚓地拍下照片。

「久留里，妳穿起來超好看！太可愛了吧……」

「謝謝。美波也超可愛喲。」

「嗚嗚嗚，美少女穿巫女服！久留里，我可以把這張照片上傳到ＩＧ嗎？」

「可以啊～」

「但妳不是有點像在離家出走嗎？」

「是沒錯，不過我們家沒有人在用ＩＧ。不會有人知道啦……」

聽到小光說出那些令人火大的話，理智線斷裂的我衝進了美波家。然後吃下一堆從便利商店買回來的零食，猛灌飲料之後倒頭就睡了。美波並沒有向我多問什麼，但應該是察覺到我在家裡發生了什麼事吧。

自己說出「我們家」這個詞，又讓我回想起來——

「妳該從哥哥身邊獨立了。」

以為會一直持續下去的兄妹關係突然被斬斷了。但說不定其實從小光的態度變得有點奇怪的時候開始，就已經朝著結束的時刻邁進。

小光說的並不只是從家人身邊獨立而已吧。

因為那個人……渡瀨學姊大概是喜歡小光。

而小光說不定也喜歡那個人。

小光往後會理所當然地交女朋友，像這樣與人交往、踏入婚姻，然後就會將原生家庭的事情擺在第二位並漸漸淡忘吧。

這讓我有種被背叛的感覺。

其實我心知肚明。我面對小光時坐擁的特權，也就是生來就同為家人的緣分其實意外地脆弱。小時候會產生那就是全世界的錯覺，然而只要離開家裡長大成人，往後的人生想必更長更久。

我不去多想這些，專心地埋頭幫忙祭典的工作，不過就在客人的人潮剛好告一段落的時候，美波滑著手機發出輕聲的哀號。

「久、久留里……剛才那張巫女服的照片……以超快的速度擴散開來了耶……」

「咦？啊，真的耶～」

「可能有點太遲了，但是不是刪掉比較好？」

「反正又不是在做什麼壞事的照片，沒關係吧？」

我有點茫然地如此隨口回答，這時美波無意間看到前方的來者並開口：

「……咦？哥哥來了耶，怎麼了嗎？」

隨著美波的目光看去，只見她的哥哥七尾學長正朝我們走來。

七尾哥哥來到這邊之後，推起眼鏡看著我說：

「……我剛才好像在入口附近看到像是會長的人……」

「……咦？小光？」

「說像是也不太對……應該就是他本人。」

「哥哥，你沒跟他打招呼嗎？」

「不，當時隔了有點遠……應該說他擺出一臉很恐怖的表情朝著參道跑過來耶……」

我突然覺得自己頓時面色鐵青。

「稍微……借我躲一下！」

「咦，為什麼？不是妳叫會長來的嗎？」

「我沒叫他來！也沒跟他說我人在哪裡！」

聽我這麼說，七尾學長睜大雙眼與美波面面相覷。

「妳昨天突然跑來……難道是離家出走嗎？」

「也不算離家出走啦……只是跟小光吵了一架……」

「跟會長吵架？那個人竟然會跟兄弟姊妹吵架啊？」

大概是真的感到很意外，只見他們兄妹倆都露出難掩驚訝的表情。

「不過感情不夠好，也吵不起來嘛……能跟會長吵架的人，恐怕也只有久留里了吧。」

美波感慨地唸唸有詞。

「雖然不知道你們為什麼吵架，但只要道歉就沒事了吧？」

美波這麼說，七尾學長也認同地點點頭。

「只要好好道歉，如果不是太嚴重的事，會長基本上都會原諒妳吧。」

「我已經先讓步，所以吵架這件事本身算是結束了……」

「久留里先讓步嗎？」

七尾兄妹都一臉感到很意外的樣子。

大概數年發生一次的小規模兄妹吵架的主因大多都是在我身上，而且每一次都是小光選擇退讓。我一直都在他的驕縱之下成長。

但這次感覺並不是那樣。小光不退讓，這件事本身或許就像是在表明決心不再寵我。

「既然如此，會長為什麼會來啊？」

「我也不知道，總之現在不想跟他見面！不久後我就會回家了，就算他過來也跟他講我現在不在這裡！」

「就、就算妳這樣講，我也沒有自信能對會長說謊耶。」

就在這時，遠遠傳來像是深沉地鳴一樣的喊叫：「唔喔喔喔喔喔喔喔喔喔喔喔喔！」

那股氣勢撇開人群，漸漸朝我們這邊靠近。

遠遠也能知道來者就是小光。

他隨後就來到可以清楚聽見聲音的地方。

「七尾喔喔喔喔喔喔喔喔喔————！」

小光大得要命的嗓門響徹四周。

我蹲在販賣處的結帳櫃檯下方，動作俐落地躲了起來。

一陣喧囂之中，跨步而來的腳步聲停下，能聽見小光對七尾學長說話的聲音。

「七尾，我妹有來這裡吧？」

「呃……那個……該怎麼說呢……」

「久留里——！妳在哪裡！」

「啊！會長！請不要踢牆壁！」

「久留里！給我出來！」

「啊！會長！請你不要把旗子拔起來！」

「久留里！我知道妳人在這裡！」

聽到那些嚇人的對話時，我偷偷探出頭看了一下。

只見七尾兄妹拚命制止怒髮衝冠又失控地在找我的小光。

對了。小光平常鮮少生氣。不只是不會生氣，還不會慌亂。既不會感到悲傷，也不會失控。脾氣總是維持在很平穩的狀態。沒有太大的情感起伏。但正因為平常都像這樣壓抑，真正生氣的時候感覺就會像變了一個人。該怎麼說呢……就跟爸爸一樣。

「久留里！妳人在那邊吧！給我出來！這傢伙會有什麼下場妳也不管嗎！」

小光揪起七尾哥哥的胸襟，他宛如被捏起來的昆蟲一樣掙扎。

「唔嘰！嘎啊——！會長！我是無辜的！」

「久留里……！我數到三，妳要是不出來……應該知道這傢伙會有什麼下場吧——！」

小光說出完全是挾持人質的犯人會說的話。他露出凶神惡煞的表情，那副齜牙咧嘴的模樣看起來就像已經殺了兩個人一樣。

「一——二——」

看他那副宛如作惡多端的凶嫌開始緩緩倒數的舉動，我也連忙探出身子。

「等一下、等一下！小光！我在這裡！」

「啊！久留里，妳現在出來太危險了……！」

美波勇敢地擋在我身前。

然而小光一看到我，就像被潑了水的篝火一樣恢復冷靜。

注意到這個反應的美波也愣愣地看著我跟小光。

被揪著胸襟的七尾學長突然得到解放，發出聲響摔落地面。

在祭典的喧囂之中，感覺好像只有我與小光兩人的時間靜止了一樣。

「久留里，回去吧。爸爸媽媽跟四葉……大家都很擔心妳。」

只是外宿一天而已，會有人用這麼嚴肅的語氣勸說嗎……不，這在我心中並不是外宿而是離家出走。小光也對此心知肚明。所以才會這麼擔心吧。

抬頭一看，只見小光一臉拚命的樣子看著我。

「……那小光呢？」

「咦？」

「小光希望我回去嗎？」

沉默的空檔填滿祭典的喧囂。

又過了短暫的沉默之後，小光突然回過神來。

然後，我還是第一次看到……

小光露出這樣不知所措的表情。

對我來說，小光是從出生那一刻起就永遠追不上的年長者，也是完美的哥哥。

但現在的小光看起來一點也不可靠，就像個隨處可見的高二學生一樣。

明明是年長者卻沒有那種感覺，明明是哥哥卻也沒有那種感覺。

此時在我眼前的，既不是哥哥也不是家人，小光看起來就像是一個完全獨立的個體。而我現在既不是他的家人也不是妹妹，是身為一個人讓眼前這個人傷透腦筋，這讓我覺得很不可思議。

小光站在原地發出的聲音像是掙扎著要不要咬下眼前的家人，快要變成殭屍的人一樣的沉吟，好一陣子過後才緩緩開口：

「我……非常……」

「嗯。」

「希望……妳回來。」

將小光像是機器人一樣說得斷斷續續的話聽到最後，我也跟著開口回答：

「那我就回去。」

我點點頭，小光這才總算笑逐顏開，並鬆了一口氣。

這時，他看向腳邊發出一道驚呼。

「啊！七尾！七尾——！你沒事吧！」

「啊，對耶！哥哥，你還活著嗎～？」

靜靜地倒在地上的七尾學長這時倏地站起身來。

原本看他微微顫抖的樣子有點擔心，但仔細一看才發現他笑得很開心，害我以為他變得失常了。

笑了一陣子之後，七尾學長說聲：「我沒事。」並呼出一口氣。

小光立刻做出下跪磕頭的動作。

「七尾，真的很抱歉……！醫藥費我來出！改天也會帶禮盒拜訪雙親向他們道歉！」

「呃，不用啦，會長……我真的沒事。看到會長恢復成原本的會長也讓我放心了。看來有幫上你的忙，才是最重要的……噗呵呵，真沒想到會長也會那麼慌亂呢。」

七尾學長好像被小光慌亂的模樣戳到笑點，即使一邊說話還是一邊咯咯笑著。這時我總算察覺。

這個人大概——是個怪人。

乍看之下低調又沉穩，其實秉持著強烈的自我，也能瞥見他莫名異樣的地方。

「久留里，總之問題解決了呢。你們兄妹和好真是太好了。」

「美波……謝謝妳。」

這個狀況明明就帶來了莫大的麻煩，美波卻也是若無其事的樣子，個性相當堅強。

七尾兄妹用一樣的臉揚起滿面笑容。這兩個人真的很像。

這對兄妹的興趣跟價值觀明明都不一樣，但在本質上確實共有某種相同的東西。

真的是家人。

而這對我行我素的兄妹，也給我們兄妹倆帶來救贖。

＊　＊

一再向七尾兄妹道謝及道歉之後，我跟久留里一起踏上歸途。

又搞砸了。

我有時只要情緒激動，就會迷失自我。

第一次是在小學一年級時。久留里因為感冒住院那天。我大半夜偷溜出家門。

一般來說晚上不會有那個年紀的孩子獨自外出，因此驚動了不少鄰居。

回過神來時，我渾身濕透而且全裸地待在附近的小間神社。聽爸媽說我好像是一邊哭著說：「久留里搞不好會死掉。」一邊朝自己潑水祈禱的樣子。會說得這麼不確定，是因為我自己沒有當時的記憶。

不過呢，即使以這樣的形式表現出來，也還算好的了。

第二次是在小學四年級。久留里打破杯子，她的手被碎玻璃割到的時候。

我因為看到她流出意料之外的大量鮮血就陷入恐慌。以防萬一，媽媽帶她到醫院去，回來之後發現我碎唸著「瀨戶陶器跟玻璃都是邪惡之物」、「要排除一切危險」之類的話，將家裡的餐具全都塞進垃圾袋裡準備丟掉的樣子。這件事我還留有一些模糊的記憶，但完全無法正常思考。

第三次則是國一。久留里被一個變態跟蹤的時候。

那時當我回過神來，自己正拖著用繩子一圈一圈綁起來的變態，想把他帶去附近賣烤地瓜的老人那邊一起燒掉。

老人當然立刻報警，因此我也不至於犯下大錯。

平常都盡可能讓自己沉穩、冷靜，而且在常識下採取行動。

明明有像這樣特別留意，但只要有個契機導致自己的理智線斷裂，就會連同平常壓抑的部分一起爆發，做出超乎常識良知跟倫理的行動。

我打從心底害怕這樣的自己。

在失去理智的時候，暴力傾向會隨著身體的成長增加更是令我感到害怕不已。

見我意志消沉地走著，久留里也想開口說點什麼，不過最後還是把話吞回去，並輕輕牽起我的手。

我跟久留里一直默默地走著，但一朝她的臉看去，就此對上視線。

這幾秒鐘的時間，我們都沒有人開口，只是對視著微微睜開的雙眼，直到久留里像是氧氣不足一樣開口：

「小光，沒事的。」

如此說道的久留里稍微踮起腳尖輕輕拍了拍我的頭之後就展露笑臉。

像是完全不在乎束縛著我的那些常識，那是一抹既自由又溫柔，還很可愛的笑容。

不久後，終於看到我們家了。爸媽和四葉全都來到玄關前等著我們。

「小久！妳跑去哪裡了！」

「久留里！幸好妳平安無事！」

「姊姊……！」

全家人都大陣仗地前來迎接久留里。緊緊抓著她的四葉甚至都快哭了。

「小久，大家都很擔心妳耶～」

「因為手機沒電了嘛……但我有事先聯絡一聲，而且也只是外宿一天而已，為什麼會鬧得這麼大呢？我們家是不是有點太奇怪了？」

久留里傻眼地朝我瞥了一眼，但給出回答的人是媽媽。

「當然會擔心啊～小久特別可愛嘛。」

「對啊。因為久留里這麼可愛……」

「沒錯。因為太過可愛……所以會擔心。」

「謝謝你們這番『我家女兒最可愛』的攻勢喔……」

「才不是因為那樣！久留里可愛的程度啊……」

「我、我知道了，知道啦。對不起，爸爸。我是全國最可愛，所以往後會特別小心。」

「不，是稱霸銀河系……不過，妳知道就好。」

爸爸笑著重重點了點頭。

＊

＊

久留里的離家騷動過後，隔天早上我在客廳發呆並喝著茶。

昨天焦急到不小心失去理智。然而我也有想過是不是其實不應該去接她，澈底放手才是正確的做法。久留里比我想像得還更穩重。原本也有可能以這次吵架為契機，讓我跟久留里長大成人，走向外面的世界，過著不會太過受到家人束縛的日子。

不斷想著這些事情的時候，剛起床的久留里一臉還很想睡的樣子走了過來。

「小光，早安。」

「……早安。」

「你還是一樣這麼早起耶。已經去慢跑回來了嗎？」

「嗯……」

「是喔……」

我們並沒有針對吵架的事重新談過，只是和好了，因此關於這點感覺還是有點尷尬。

久留里走到冰箱前倒了杯麥茶，並喝了一半左右。然後拿在手上朝我走過來。

「小光啊，你也已經交到外面世界的朋友了嘛。」

「咦？」

「七尾學長。所以你也沒必要特地跟渡瀨學姊去約會啊。」

「咦？去放鬆一下不叫約會吧。而且七尾是七尾……渡瀨是渡瀨啊。」

「但我覺得他們兩個是完全不同的類型耶……」

「沒差多少吧。他們的個性都很認真……也是我的朋友。」

久留里大嘆一口氣，並將杯中剩下的麥茶一飲而盡。

她先隨手抓了抓頭髮，然後露出有點成熟的表情瞇細雙眼，淺淺呼出一口氣。

「哦～那不然……我也從家人身邊獨立，然後……」

如此說道的久留里微微睜大雙眼緊盯著我看。

「嗯……？然後？」

「交個男朋友好了～」

「咕啊……！男噴……！」

我不禁發出像是怪鳥一樣的哀號。

男朋友。

腦海中以黑底白字的粗黑體跳出「男朋友」三個大字並附上「咚鏘——」的音效登場，擠掉其他所有思緒坐鎮在正中央。突然登場的這個詞一動也不動地阻礙我的腦袋運轉。

男朋友。久留里交男朋友。男朋友。男朋友、男朋友、男朋友。

黑底白字的粗黑體文字動了起來，無止盡地不斷由左往右流去，我差點就要昏過去。不對，實際上真的翻白眼了。

「久留里交……男朋友。」

感覺就像全身上下的血液頓時褪去一樣，我垂直倒了下去。

地板發出「砰咚」的一聲巨響。一時之間沒發現是自已倒下的聲音，還想說哪來這麼大的聲響。

「哇——！小光！」

久留里交……男朋友？不行。不行不行。絕對不行。不可能。

是怎樣的傢伙？無論是怎樣的傢伙我都不覺得自己有辦法原諒。感覺無法原諒。殺了他。不，不能殺人。這是法律禁止的事項。得想個可以鑽法律漏洞，又能阻止他生存活動的辦法……我的呼吸愈來愈急促。心臟也跳得飛快，甚至還冒出一身冷汗。

視線愈來愈模糊，兒時記憶高速掠過我的腦中。

記憶模糊的幼兒期我們兩個一起玩過好幾次的溜滑梯。幫忙積了一堆暑假作業沒寫的久留里而熬夜的那天。我要去畢業旅行時，因為有四天不能見到面而嚎啕大哭的久留里。一起騎著腳踏車去找樹枝。暑假時花了半天時間陪我到荒廢的公園撿垃圾的久留里。

小小的久留里笑著說：

「跟小光在一起很開心。」

流露各種笑容的久留里說：

「我最喜歡小光了！」

然而那些笑容卻都像沙子堆出來的城堡一樣隨風漸漸散去。

男朋友。

戀人。戀慕的對象。傾注與家人不同的愛的對象。在外界的未來家人。將久留里帶去大人世界，具備危險的……極為殘忍又凶惡的……人類。不，是惡魔。

「男、男朋友……久留里交……男朋友……男噴……」

當我奄奄一息地用沙啞聲音這麼說的時候，門的另一邊傳來「砰咚！」格外巨響。

朝那邊一看，只見爸爸倒在地板上。

「光、光雪……久留里……你們剛才……在說什麼……」

「哇啊——！連爸爸都昏倒了——！」

久留里這麼大喊之後，媽媽一邊說著：「在吵什麼啊～？」走了進來。

她看到倒在入口處的爸爸跟同樣瀕死的我，便對久留里問道：

「哇啊，屍橫遍野耶，小久，這是怎麼了～？」

「我、我只是說了男朋友的事……他們就昏倒了。」

「咦！小久，妳交男朋友了嗎？」

「沒有啊……」

「沒有喔！」

爸爸這麼喊著立刻起身。

他說著：「啊～太好了。」大嘆一口氣。

「四郎，你這麼大隻趕快起來啦。倒在這種地方很礙事耶。今天我們兩個難得要去看電影耶～」

「哈哈……抱歉，是我一時慌亂。」

「也太慌亂了吧～」

「哈哈哈……好久沒像這樣感覺真的要昏倒了。」

兩人邊笑邊離開。門隨之關上之後，久留里來到我身邊。她在翻白眼倒下的我的腰邊伸手戳了戳。

「嗯呵呵～欸～小光。」

「…………」

「隨著年紀增長啊～家人間的關係就會漸漸改變對吧？」

「呃，嗯……」

「有必要向外拓展視野對吧？既然如此，我去交個男……」

心臟彷彿遭到扭轉起來一般劇烈絞痛感隨之襲來。這肯定對健康很不好。

「這個詞對心臟很不好。拜託妳別說了。」

「咦～？但是啊～既然總有一天要結婚，那現在交個男朋友也很正常吧。」

久留里露出莫名充滿活力的笑容看著我這麼說。

絞痛絞痛絞痛絞痛絞痛絞痛絞痛。

「我、我知道了。是我不好。還太早了。現在講這些還早過頭了……」

「那麼，小光。」

「嗯。」

「你也不要刻意從妹妹身邊獨立，跟至今一樣謳歌與妹妹（我）共度的每一天吧。」

如此說道的久留里露出燦爛笑容。

「嗯……也是呢。」

「那我也不用從哥哥身邊獨立嘍？」

「……………不用。」

「那就算是小光全面收回之前的發言。」

「嗯。」

「好耶～！我贏啦！勝訴！」

眼前開心地笑著並高高跳起的妹妹，說不定總有一天又會露出與現在完全不同的表情，距離也會變得遙遠。

既然這樣的別離總有一天會自然來臨，或許也沒有特地提早的必要了。即使現在這樣的關係會被視為異常，我終究還是無法接受那樣的事實。

「那麼小光，我們和好吧。」

我接過久留里滿臉笑容地伸過來的手，用很老舊的方式和好了。

就這麼被她拉起來。在我站起身的時候，四葉剛好進來。

「咦，四葉，妳要去哪裡嗎？」

「嗯。」

「是跟平常一樣去找佳奈嗎？」

久留里很自然地確認了一下，四葉卻搖搖頭。

「……不是。佳奈也會去，但是要去勇人那邊。」

勇人！恐怕沒有女生會取這樣的名字。就算有應該也會用比較可愛的暱稱。換句話說……是男生。她要去邪惡的男人家裡。

四葉交……男朋友？

再次響起「砰咚」沉重的巨響。

「哇——！小光又昏倒了——！」

終章

當我年紀還很小的時候，曾深深著迷於「除了自己以外的人全都是外星人」這樣的妄想之中。

那應該只維持了兩三天而已，但在這段期間其實還滿認真煩惱的。畢竟沒有任何方法可以確認這一點。所謂他人，基本上也只能透過交談加以窺視其內心想法，更何況也不見得大家都會說出真心話。

這或許正是我幼小的心靈理解到自己與他人之間決定性距離的瞬間。

那時候是怎麼解決的啊？大概是自然而然忘記這件事，就這麼恢復原樣了吧。

當然現在已經不相信有這麼一回事，不過那說不定是第一次在精神上因為「在自己不知道的地方存在肉眼看不見的事實」這個可能性而被耍得團團轉。

儘管類型不一樣，但我覺得從三月開始關於「血緣」的事也是相似的狀況。

這次是明確的事實，只是我從來不曉得而已，那件事一直都存在。

所以我不讓自己像小時候一樣，遭到肉眼看不見的事實耍得團團轉。

世界沒有任何改變。不僅如此，我們還是一個很美好的家庭。就算知道這件事，也沒必要特別做出什麼改變，會在意反而比較奇怪。

所謂家人，就是每個人得到一個姓氏之後一起生活。就算從出生開始便近在咫尺，就算沒有血緣關係，也有個性和不來的傢伙，但總之無論問題是大是小，都有著各式各樣的家庭存在。

根據這個事實，我們家產生了小小的動搖，不過我有預感往後肯定會漸漸變回原樣吧。所有家人一定都期望著跟原本一樣不變的形式。

家人在水面下緩緩變換其形態。即使如此，還是會形成一個新的樣貌，在表面上沒有任何改變的日子依然會持續下去。

「久留里，快遲到嘍。」

我先敲敲門之後一打開，眼前就是一個牆上貼滿海報，而且到處都塞滿壓克力立牌等周邊，一處很普通的偶像宅的房間。

原本蜷曲窩在床鋪深處的久留里這才猛地跳起來。

「哇啊！現在幾點？」

如此說道的她將自己放在枕邊的手機拿起來看。

「哇～這麼晚……應該來不及了吧。」

如此說完就朝後方倒了下去。

「趕一下還來得及吧。」

「我不想趕。」

「妳倒是趕一下啊。」

「我都還沒換衣服耶……」

「花個四十秒就能換好衣服吧。」

「咦……小光先去啦……」

「久留里，我在這邊等妳喔。妳要是遲到，就等同於害得從來沒有遲到也沒有缺席過的我遲到……」

「啊——！好啦。那我趕快換衣服就是了，你去玄關等。」

結果自從上次吵架之後，我就沒辦法再拒絕久留里了。然而總覺得久留里那樣過度的撒嬌，自從那天過後也自然地緩和了下來。

久留里在那次吵架時產生了某種改變。因為吵架而爆發的情緒沉靜下來，彼此的關係穩定之後，大鬧一番的精神面也會恢復原樣吧。總覺得不是撒嬌的狀況緩和下來並恢復原樣而已，而是會好好保持妥當的距離感。

像她現在也是明確地傳達出「為了換衣服而要我離開」的意志。我對於她這樣的成長感慨到都快哭了。即使久留里是那副德性，她還是有在日漸成長。

依照她說的到玄關等了一下之後，久留里便咬著爸爸收在櫃子裡常備的蛋白質營養棒現身了。

她大概是想說「久等了」，但因為口中還有食物的關係，便說著「糗躺惹」就坐在玄關階梯處穿起襪子。

「動作還真快。很厲害喔。」

「不客氣～為了不要害學生會長遲到，我可是用音速做好準備。」

以前她在這個時機點應該會把頭湊過來，一副要我摸頭獎勵的樣子，然而現在的久留里卻一臉若無其事地這麼回應，很快地穿好鞋子就走出玄關。

在路上也不會刻意要手牽手走到車站。

那次兄妹吵架中明明是久留里獲勝，做出退讓的人卻是她。

不如說現在甚至讓我覺得比之前更加保持距離。

我們兄妹倆一定正緩緩朝著正確而且妥當的形式前進。

總有一天，在不久的將來，我跟久留里應該都會在外面的世界找到比家人還更重要的人事物吧。

就像久留里之前說的，原生家庭的形式或許會回過神來就消失得無影無蹤。既然如此，現在的我也認為與其為了應該會到來的那一天做準備選擇提前分離，倒不如好好珍惜現在還身處的每一個重要的日子。

我最喜歡自己的家人了。

就算不用做準備，我也是每天都在逐漸改變。這些事情在過了好幾年之後，當我們長大成人時想必會成為青春期回憶的一環，交織進「也曾發生過那種事」的記憶之中。

這一天究竟會成為未來緬懷的一天，還是會變成未來回想起來就討厭的一天呢？

這些全都是由接下來每一個嶄新的日子所決定。

＊久留里的終章

最近的我變得愈來愈奇怪。

我喜歡小光。

非常非常喜歡。

對他抱持沉重的執著以及強烈的獨占欲，就連以前不曾有過的心情都跟著湧上。

以前就算在小光面前換衣服也不會覺得怎麼樣，現在卻莫名覺得奇怪，突然間沒辦法這麼做了。光是待在他身邊，就覺得快要無法呼吸。由於這實在太像真正的戀愛情感，要是被發現就糟了，因此我隱瞞起來假裝一如往常。

這是自從我出生以來，對家人抱持的第一個「真正的祕密」。

但還是有著一點令人費解的心思，讓我難以當面承認這就是戀愛情感。

說不定只是因為喜歡現在的家人，不想失去與小光作為兄妹一起共度的日子，所以才會誤會自己的心情。

如果是這樣，我對於家人的執著應該也會隨著年紀增長而漸漸淡薄才是。

我對於自己內心萌生的心情產生危機意識，甚至還把平常蔑視的「常識」跟「普通」給搬出來，說服自己相信。

無論對小光再怎麼抱持類似戀愛的情感，最後還是由「不能對有血緣關係的哥哥抱持戀愛情感」這樣的倫理觀念確實地踩下剎車。

不，我說不定只是感到害怕而已。

要是承認這一點，可能又會被小光說太過異常而拒絕。

即使如此，每當想到小光要是交到女友或是有了結婚對象時，還是會忍不住這麼想。

如果我們沒有血緣關係就好了。

＊　＊

契機不過是一點小事。

一到學校，班上就有個女同學拿一張紙給我看。

「妳看這個～」

「那是什麼？」

「戶籍謄本。我爸從今年開始就因為公司外派而獨自到國外工作，為了可以趁暑假去找他，我就去辦了護照。昨天申請這個之後就一直放在書包裡。」

「哦～我從來沒看過這種東西耶。借我看一下。」

上頭理所當然地記載了家人的名字等資訊。像是每個人的出生年月日、出身地與親屬關係之類的，感覺就跟有點嚴謹的個人資料簿一樣。

看到這個才突然發現，既然都已經是高中生，也可以自己一個人去市公所申請戶籍呢。

「欸，這要怎麼樣才能拿到？」

「看是要去市公所申請，或是如果有國民編號卡也可以去便利商店印出來喔。」

我們全家人的國民編號卡都收在媽媽那邊，因此家裡應該是有，但還要先回家一趟特地請她拿給我感覺也很麻煩。自己直接跑一趟市公所還比較快。

於是我就在放學之後抱持輕鬆的心情前往市公所。用手機查了一下，朝著從來沒去過的市公所前進，總覺得有點像在冒險。

抵達市公所之後，在不知道該如何是好的我四處張望時，負責指引的人馬上過來協助，也順利地申請了戶籍謄本。

平日下午的市公所沒有很多人，我便悠哉地坐在長椅上等待叫號。

在等待的這段期間，開始想起自己為什麼會來到這個地方。

因為看到朋友拿的戶籍謄本。在看到之後，我也想要有自己的一份。

既然可以一次看到我最喜歡的全家人的名字跟詳細資料，當然會想要。甚至要裱框起來都行。因為想要一份國家發行的，官方的家人證明書。

之所以沒告訴任何人偷偷來申請，是因為我懷著滿心期待的心情，想拿回去給小光看。

然而這些都是表面上的藉口，在內心深處其實也抱持著必須直視這件事，是一種莫名坐立難安的心境。

就只有我跟家人不像。我真的跟大家有血緣關係嗎？

但就算有這樣的念頭，我相信很正常地有血緣關係的可能性比較大。

我們是個和平的笨蛋家庭。不可能發生「與家人沒有血緣關係」這種嚴肅的事。

要是真的發現這樣的事實，我絕對會備受打擊，也會感到很悲傷。

雖然這樣想，但內心某處也有點期待這樣的發展。就像在看恐怖電影時，明明就不希望鬼怪現身，可是既然都看了，還是會一直等鬼怪出現那般，其實也有點類似期待的前後不一致的恐懼感。

腦海中一浮現小光的臉，就不禁感到揪心。

沒錯。現在的我一定是需要確認我們真的是一家人。

如此一來，這股麻煩的情感說不定也會多少冷靜下來。

總算叫到我並付了四百五十圓，一接過用釘書機釘起來的戶籍謄本之後，我便立刻收進信封袋裡。拿著這個到外頭的長椅坐下，才重新拿出來看。這比想像中還要厚。

「嗯？」

我立刻覺得不對勁。在小光那一欄記載爸爸是「養父」，另外還有一個標示為「除籍」的沒見過的名字。儘管多少可以推測出來，但我還是一邊用手機查詢，避免自己誤會而謹慎地繼續解讀下去。

拿著資料的手微微地顫抖。心臟不斷飛快跳動，在身上冒出冷汗的狀況下，我再度仔細確認過一次之後，深深嘆了一口氣。

「啊啊……什麼嘛……是這樣啊～」

是這樣啊。我一直以來都是鑽牛角尖地想著「『只有』自己長得不像」，結果忘了還有這方面的可能性。我不禁置身事外般如此思考。

自己做出了不同於想像中的反應，應該說內心平靜到極為不自然，卻完全不想站起身，於是就這麼坐在原地眺望著天空與路上的行人好一陣子。

天空很藍，涼風吹撫過來，可以聽見樹木隨之搖晃的細微聲響。

我跟小光，其實沒有血緣關係。

後記

大家好！我是村田天。

非常感謝各位看完這部作品。

每次通常都會有不同於主題的其他概念並存於故事之中，這次則是「常識」。

想著像是只存在於某個國家或時代的東西，還有包括存在於特定地區與學校的特殊規範在內，有多少是即使就現代日本人的常識來說覺得奇怪，但擺在那個地方就很普通，無法接受的人反而成為異端等等這些事情，並寫下這個故事。

想必也還有在各個家庭當中的一些特殊習慣，有些在自己家裡是很正常的事，不過看在外人眼中就會覺得很奇怪。

像是在筆者家一直以來都把刷背的毛巾稱作「TAKOSURUKI」，但長大之後才得知根本沒有這樣的名稱。這恐怕是爸爸發明的家族慣用語吧。TAKOSURUKI。

還有「何謂家人」也是，不過這與表面上的主題還滿相近的。儘管存在正因為有血緣關係才遲遲難以斬斷的可恨枷鎖，卻也有著即使沒有血緣關係也能相通的心。

現實之中有很多家庭都抱持著許多不同的狀況，很難用一句「家人是美好的存在」一概而論，但在本作中我盡力寫出一個溫暖又療癒的環境。目標是希望可以讓人不要想太多，懷著輕鬆快樂的心情閱讀下去。

二〇二二年寫的東西以我個人來說有很多難處，這次的故事也是經歷好幾次修改以及刪減，一點一點慢慢前進。這讓我再次體認到寫小說的困難，同時也覺得漸漸拓展了視野。

由於還有很多可以寫的內容，因此我會繼續努力下去！

向看完這個故事，以及提攜這部作品的所有人士致上由衷的感謝。

二〇二三年　冬天　村田天

たかた［插畫］日向あずり

2

我和班上第二可愛的女生成為朋友

Kadokawa Fantastic Novels

我和班上第二可愛的女生成為朋友 1~2 待續

作者：たかた　插畫：日向あずり

第六屆カクヨム網路小說大賽特別賞第二集。
「朋友以上，戀人未滿」的真樹與海迎接聖誕節！

終於交到朋友的前原真樹想要好好告白，藉此和「班上第二可愛」的朝凪海成為男女朋友。然而接連到來的考試、聖誕派對的幕後工作，以及離婚的雙親——兩人雖然忙碌，還是迎來第一次的假日約會。低調男與第二女主角縮短距離的第二集！

各 **NT$260~270/HK$87~90**

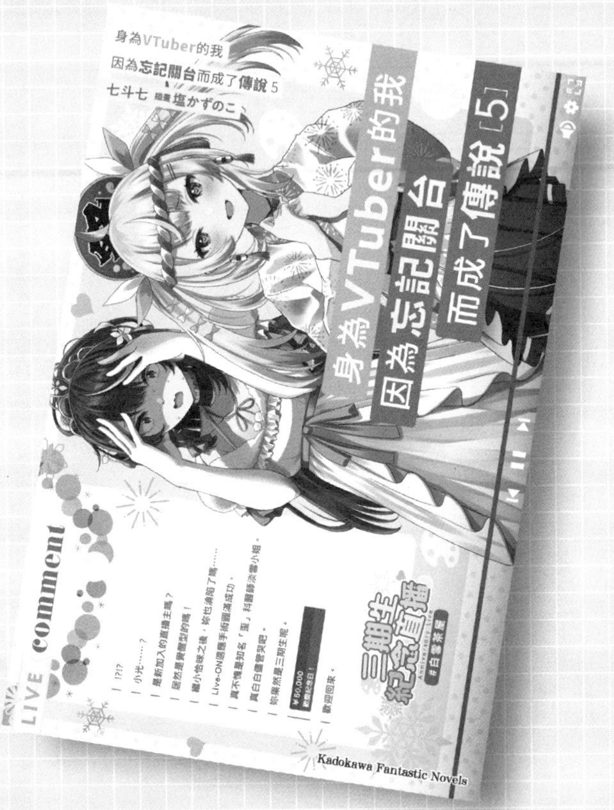

身為VTuber的我因為忘記關台而成了傳說 1~5 待續

作者：七斗七　插畫：塩かずのこ

衝擊的VTuber喜劇，
熱鬧慶祝週年的第五集！

淡雪著手籌備接著即將到來的「三期生一週年紀念」活動，然而……活力充沛的好孩子小光居然因為努力過頭，把喉嚨操壞了？儘管小光說什麼都不願乖乖休息，但在淡雪將「觀眾的心聲」傳遞過去後，她的心境也逐漸起了變化——

各 **NT$200~220/HK$67~73**

異世界漫步 1~3 待續

作者：あるくひと　插畫：ゆーにっと

在新的城鎮也有許多嶄新的邂逅！
悠閒的異世界旅程第三集！

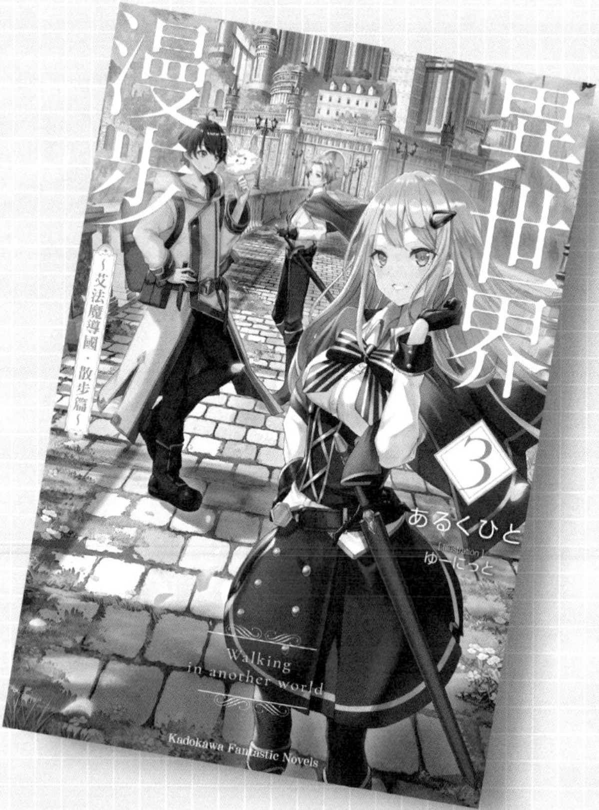

空一行人為了與在艾雷吉亞王國分離的冒險者盧莉卡和克莉絲會合，決定暫居於以魔法學園和地下城聞名的城鎮瑪喬利卡。為了想學習魔法的同伴們，他們在蕾拉的引薦下特別入學魔法學園！在探索地下城的課堂上，由「漫步」學會的技能也大放異彩……！

各**NT$280/HK$93**

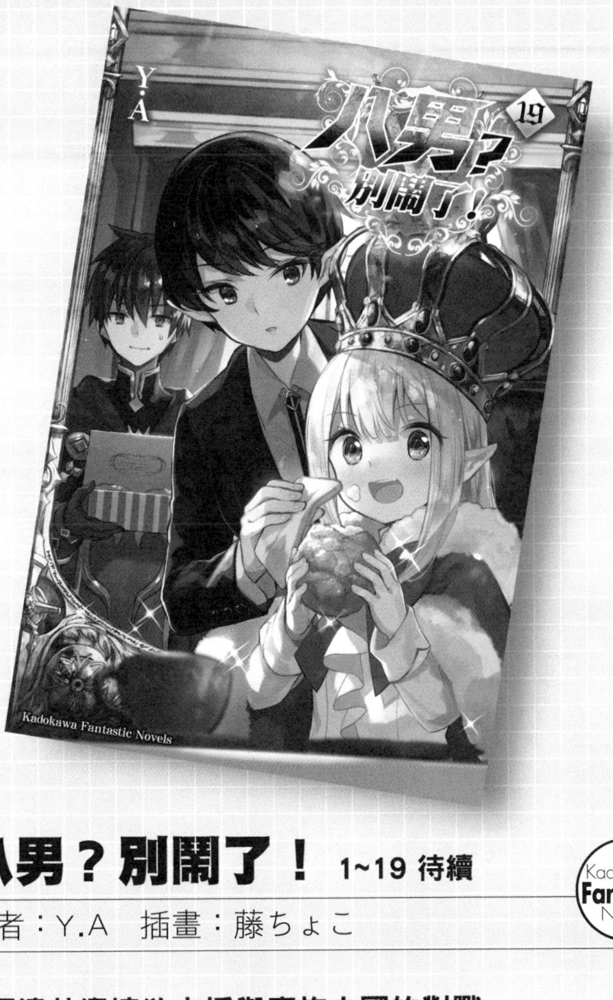

八男？別鬧了！ 1~19 待續

作者：Y.A　插畫：藤ちょこ

威爾遠赴邊境欲支援與魔族之國的對戰
卻被魔族媒體採訪並與魔王接觸！

以巨大魔導飛行船琳蓋亞失去音訊，西方海域出現魔族之國的魔導飛行船艦隊等事件為開端，威爾等人去邊境欲支援，情況卻陷入膠著。後來威爾意外接受來自魔族媒體的採訪，還與「魔王」接觸！為您送上來到魔族之國這個全新舞臺的第十九集！

各 **NT$180~250/HK$55~83**

國家圖書館出版品預行編目資料

我跟妹妹,其實沒有血緣關係 / 村田天作 ; 黛西譯.
-- 初版. -- 臺北市 : 臺灣角川股份有限公司,
2023.12-
冊 ; 公分. -- (Kadokawa fantastic novels)
譯自 : 俺と妹の血、つながってませんでした
ISBN 978-626-378-288-4(第1冊 : 平裝)

861.57 112017359

Kadokawa
Fantastic
Novels

我跟妹妹，其實沒有血緣關係 1

（原著名：俺と妹の血、つながってませんでした 1）

2023年12月13日　初版第1刷發行

作　　者：村田天
插　　畫：絵葉ましろ
譯　　者：黛西

發 行 人：岩崎剛人
總 編 輯：蔡佩芬
編　　輯：楊芫青
美術設計：莊捷寧
印　　務：李明修（主任）、張加恩（主任）、張凱棋

發 行 所：台灣角川股份有限公司
地　　址：104台北市中山區松江路223號3樓
電　　話：（02）2515-3000
傳　　真：（02）2515-0033
網　　址：www.kadokawa.com.tw
劃撥帳戶：台灣角川股份有限公司
劃撥帳號：19487412
法律顧問：有澤法律事務所
製　　版：巨茂科技印刷有限公司
ＩＳＢＮ：978-626-378-288-4